Luis Sepúlveda est né au Chili en 1949. Il est notamment l'auteur du *Vieux qui lisait des romans d'amour*, d'*Un nom de torero*, du *Monde du bout du monde* et du *Neveu d'Amérique*. Best-sellers mondiaux, ses romans sont traduits dans de très nombreux pays. Il est également scénariste, réalisateur, producteur et même acteur pour le cinéma.

est mort du Covid en Avril 2020 à Oviedo

Jeune il milite aux "Jeunesses Communistes - opposant au régime Pinochet en 1979 il est emprisonné puis exilé en Suède - pdt 8 ans.

Luis Sepúlveda

HISTOIRES D'ICI ET D'AILLEURS

Traduit de l'espagnol (Chili)
par Bertille Hausberg

Éditions Métailié

Note de l'éditeur

Certaines des chroniques publiées ici sont parues tout au long de l'année 2009 dans le journal *La Montagne*.

TEXTE INTÉGRAL

TITRE ORIGINAL
Historias de aquí y de allá

ISBN 978-2-7578-2825-0
(ISBN 978-2-86424-778-4, 1re publication)

Portrait de groupe sur fond d'absence : un reportage

UN : UN JOUR DE 2009. GIJÓN. ASTURIES

Ce reportage a surgi soudain au milieu des cartons de vieux documents, de papiers anonymes, de textes conservés sans savoir pourquoi. Daté de mai 1990, il est écrit dans un gros cahier de fabrication chinoise, acheté peut-être au Speichert d'Hambourg.

Retrouver de vieux textes c'est comme se retrouver soi-même et ces retrouvailles sont toujours émouvantes. Je l'ai lu, j'ai fait tourner la machine de la mémoire, je me suis rappelé qu'il avait été publié un an plus tard dans le *Lateinamerika Nachrichten* du mois de mai 1991 et que sa première intention était de raconter l'histoire de deux photographies. Mais ces images ont disparu et il ne reste plus que les mots. De vieux mots écrits il y a presque vingt ans.

Je suis heureux de reconnaître que le Chili décrit dans ce reportage a beaucoup changé en bien et en mal : les noms des victimes ont été revendiqués, de nombreux criminels sont en prison, le tyran est mort comme un misérable voleur et ceux à qui le pouvoir a fourni une occasion de s'enrichir y sont parvenus et sont de plus en plus riches.

Mais ces vieux mots gardent leur inaltérable colère.

DEUX : MARS 1991. HAMBOURG. ALLEMAGNE

Au cours de ma vie, j'ai affronté beaucoup de situations qui m'ont longtemps obligé à me taire, le verbe paralysé par une sclérose qui ne connaît d'autre thérapie que la colère ou l'action.

Il y a exactement douze mois, j'ai fait un voyage au Chili après quatorze ans d'exil. Je voulais vivre les derniers jours officiels d'une dictature trop cruelle pour être effacée par une simple cérémonie civique, et les débuts du retour à une démocratie, fruit du désespoir plus que du courage et qui, dans un passé encore récent, avait renversé le tyran. Une démocratie fatiguée dès sa naissance, surveillée, autorisée et liée par un pacte monstrueux : construire l'euphémisme permettant de sauver la face d'un État de délinquants, en acceptant publiquement l'existence des crimes commis mais pas les noms des criminels.

Un curieux accord des forces politiques a défini ce pacte comme étant le « prix de la modernité » et, pour cela, on se réfère à d'autres expériences de transition entre des dictatures et des systèmes démocratiques, comme celle de l'Espagne après la mort de Franco ou de l'Allemagne après la capitulation du Troisième Reich et la dénazification de l'État. Dans ces deux cas on impose l'oubli au nom de la raison d'État mais les pères de cette formule ignorent qu'au Chili nous sommes imbattables dans tous les domaines : dans l'audace et la naïveté, les succès et les erreurs, le talent et la stupidité.

À titre d'exemple, citons la devise de notre blason national « *Par la raison ou par la force* ». Le plus parfait des contresens. Un véritable appel à la barbarie.

Tous les exils durent trop longtemps et chaque expérience est unique elle aussi. Dans le cas des Chiliens, il s'est traduit pour certains par le reniement de leurs anciennes convictions et, après des serments dans les antichambres des fondations Konrad Adenauer, Pablo Iglesias ou Friedrich Ebert, ils ont repris brillamment leurs carrières politiques : le pouvoir les attendait.

D'autres se sont interminablement cogné la tête contre les évidences qui démontraient l'échec de la justice et de l'égalité imposées par décrets : après avoir relu leurs anciens manuels de tactique et de stratégie, ils n'ont pas hésité à qualifier de traîtres les peuples qui s'étaient débarrassés de tyrannies médiocres et séniles et ont fini par traiter d'égarés les pauvres gars obéissants qu'ils envoyaient se battre dans des forêts inexistantes, prendre des armes qui n'arrivaient pas, conduire des masses qui ne les attendaient pas et mourir pour de vrai tandis qu'eux se réservaient pour des temps meilleurs : le pouvoir les attendait.

D'autres encore, les moins nombreux, ont affronté l'exil comme une sorte de bourse d'études, de découvertes, et n'y ont trouvé que des doutes : doutes sur l'histoire, doutes sur les recettes pour la changer, doutes sur la légitimité du pouvoir.

Un an s'est écoulé depuis mon retour au Chili et tout reste pareil même si, dans le discours officiel, tout a changé : maintenant on appelle ignorance le manque de courage civil et la complicité avec les criminels en uniforme, l'oubli des devoirs élémentaires est devenu de la négligence et l'assassinat, un excès.

Le cynisme inonde les dictionnaires et le vieil art de la politique s'est transformé en concours d'euphémismes. C'est l'éthique du nouvel ordre international, l'ordre de la fin du siècle. Mais ces certitudes permettent au moins de savoir à quoi s'en tenir et, pour ma part, de rompre un long silence, la colère contenue me délivre de la sclérose et je peux enfin affronter le sujet avec un an de retard.

Autre raison de mon retour au Chili : des visages d'enfants souriants. Quand j'ai vu pour la première fois ce portrait d'un groupe de gamins, j'ai su que je ne pourrais jamais l'oublier. C'était chez Anna Petersen, l'auteur de la photographie. Je venais d'arriver en Allemagne, mon exil ne durait que depuis quatre ans mais ils avaient suffi pour que le Chili devienne pour moi une référence douloureuse et de plus en plus lointaine.

J'ai d'abord été impressionné par la douceur de ces visages puis, après avoir examiné plus attentivement les attitudes, j'ai trouvé le grand secret de ce portrait de groupe : la pureté.

Il y avait chez ces gamins la pureté originelle

que nous trouvons sur les milliers de photos prises tous les jours dans les jardins d'enfants ou les écoles européennes. Mais ces gosses ne vivaient pas en Europe. Ils vivaient au Chili, à La Victoria, un quartier pauvre de Santiago et l'un des plus touchés par la répression et la misère. Alors, j'ai tremblé de peur devant cette pureté et j'ai voulu me demander combien de temps il leur faudrait pour la perdre.

Les années ont passé. L'exil s'est prolongé au-delà des discours triomphalistes jusqu'en février 1990. Pendant toutes ces années j'ai conservé la photo car la pureté de ces enfants représentait tout ce qui me restait du Chili que j'avais connu.

Entraînée par ma passion pour ces visages, Anna Petersen a accepté de refaire le voyage afin de les retrouver et de les reprendre en photo au même endroit. Nous avons pensé que les deux photographies et le temps écoulé entre les deux pouvaient constituer un récit ou un reportage. Mon billet en poche, je me suis donc rendu pour la dernière fois au consulat du Chili de Hambourg pour m'assurer de nouveau que je pouvais rentrer.

– Oui, vous pouvez. Votre nom figure sur la troisième liste des personnes autorisées à voyager, m'a dit un fonctionnaire protégé par une vitre à l'épreuve des balles.

J'ai quitté le consulat en me disant que la générosité de la dictature était humiliante. Le droit de se déplacer ou pas est inhérent à l'être humain. La permission de se déplacer ou pas est une atteinte, cruelle et planifiée, à la liberté individuelle.

TROIS : MARS 1990. SANTIAGO DU CHILI

La dictature a pris fin il y a moins d'une semaine. C'est encore l'été. Un épais nuage de pollution couvre la ville et s'approprie les distances, en rendant les contours incertains. Je dis au chauffeur de taxi que l'air de Santiago est pire que dans mon souvenir.

– Il ne faut pas se plaindre, en Angleterre ils ont du brouillard et, comme nous sommes les Anglais de l'Amérique du Sud, enfin, un succédané, on doit se montrer à la hauteur, répond-il, les yeux fixés sur la rue.

En passant dans les quartiers sud on voit de nombreux groupes de Chiliens se livrer aux mille activités de la vie quotidienne, des choses sans intérêt comme acheter du pain, attendre le bus, lire les journaux accrochés dans les kiosques ou simplement regarder vaguement dans une direction sans savoir ce qu'on cherche à voir. La vie toute simple. La vie des êtres anonymes au nom desquels, paraît-il, on fait les révolutions. Mais ces habitants des quartiers pauvres ont un point commun, un caractère distinctif comme une marque au fer rouge : sur leurs visages on lit le désespoir, l'apathie, l'ennui qui ont succédé à une vie en société jadis très riche et, pour cette raison, brutalement éliminée.

Je les regarde – je regarde les miens – et j'ai du mal à croire que ce sont les mêmes qui participaient, comme moi, à une vie sociale si bouillonnante qu'on ne sentait pas la fatigue. Une vie démocratique, essentiellement démocratique qui plus est.

Ils participaient et votaient dans les syndicats.

Ils participaient et votaient dans les associations de parents d'élèves.

Ils participaient et votaient dans les associations de quartier.

Ils participaient et votaient dans les organismes de secours mutuels.

Ils participaient et votaient dans les centres sociaux.

Ils participaient et votaient dans les instances de base des partis politiques.

Chaque Chilien était membre d'au moins trois associations différentes. En y repensant, le mot élire m'a semblé beau et lointain, le simple geste de lever la main, de demander la parole, d'écrire un nom sur un modeste bulletin, digne et secret, au moment de désigner le dirigeant d'une organisation quelconque. Et je me suis également rappelé, avec un mélange de douleur et de honte, que j'avais fait partie de ceux qui, avec dans une main les plus douteuses interprétations du marxisme et dans l'autre les plus nobles intentions, avaient porté les premiers coups mortels à cette vie démocratique et saine.

Les organisations populaires chiliennes de toutes natures, excepté les partis politiques, étaient régies par un conglomérat de normes destinées à assurer la participation et à remplacer les dirigeants inefficaces ou simplement désireux de quitter leur poste. Tout était soumis à des normes. Brusquement, un jour, dans le plus modeste des clubs sportifs du quartier le plus reculé de Concepción, de Santiago ou de Valparaíso, après un vote pour désigner un nouveau président, son prédécesseur prononçait dans son discours d'adieu une phrase à graver dans le marbre : « Les hommes passent, les institutions restent. » Et ils le croyaient. Nous le croyions. Salvador Allende a dit un jour, avec raison, que nous étions un pays notarial. On faisait confiance et on croyait à la légalité parce qu'on la pratiquait. Tous les jours, dans un bar quelconque, quand deux poivrots se disputaient, l'un disait soudain à l'autre : « Tu es un imbécile. » Et la réponse inévitable était : « Tu vas me répéter ça devant un notaire. »

Mais nos catéchismes de gauche nous ont dit que c'étaient des comportements bourgeois et, pour imposer les arguments des partis politiques, nous avons sapé l'unité des organisations sociales. C'était notre manière de conquérir le pouvoir : la fin justifie les moyens, celui qui n'est pas avec nous est contre nous. Et pourtant toutes ces organisations nées de l'influence des premiers anarchistes ont adhéré à notre rêve collectif, à l'effort des mille jours du gouvernement d'Allende. Jamais un leader n'avait reçu, comme Salvador Allende, l'appui de son peuple. Et sa mort à La Moneda était la seule manière de répondre dignement à autant de dévouement et de générosité.

Je demande à l'un de ces visages qui regardent vaguement dans une direction comme pour chercher l'avenir dans le nuage de pollution ce qu'il pense de la nouvelle situation, du récent retour à la démocratie.

Il hausse les épaules et me répond :

– Les choses ne peuvent pas être pires qu'avant, mon vieux.

Entrer dans le quartier de La Victoria n'a pas été facile. Ses habitants n'aiment ni les curieux ni les touristes de la misère. Par l'intermédiaire de la Vicaría de la Solidaridad, cette institution de l'église catholique chilienne qui, pendant les années de dictature, a fait office de ministère de la douleur, de seul lieu de consolation possible, nous avons obtenu une sorte de sauf-conduit permettant de pénétrer dans le ghetto et d'y faire exactement ce que nous avons déclaré : rechercher les enfants de la photo, essayer d'en faire une autre au même endroit et parler avec eux des huit ans séparant les deux clichés.

Notre contact s'appelle Alicia, c'est une déléguée de quartier qui travaille au Front anti-alcoolisme et fait fonctionner une crèche fièrement appelée *Kindergarten*. Elle nous reçoit entourée de mouflets. Les plus jeunes ont trois ans et les plus grands, six ou davantage pour certains.

Les enfants nous entourent, nous décernent le titre de *tíos* et entonnent pour nous *Gana la gente*, l'hymne de la coalition opposée à la dictature qui a porté Patricio Aylwin à la présidence après seize ans de tyrannie. Malgré la douceur de leurs voix, les phrases, les vers boiteux semblent lointains, métalliques, peut-être même froids. Quand ils ont fini, je leur en demande une autre, une bien à eux, une de celles qu'ils chantent devant leurs bureaux lilliputiens, au *Kindergarten*.

Alors une fillette se lance : « Petit cheval blanc,

emporte-moi, conduis-moi vers la terre où je suis née… »

QUATRE

– Eh bien marchons, nous dit Alicia, et nous commençons à parcourir les rues étroites de La Victoria. Presque toutes portent le nom d'anciens dirigeants de la classe ouvrière chilienne : Elías Lafferte, Galo González, Luis Emilio Recabarren, des hommes qui, depuis les salpêtrières du Nord, ont contribué à former cette culture organisationnelle qui n'est plus qu'un simple souvenir.

À un coin de rue, un groupe de femmes observe le travail des employés de la compagnie d'électricité. Sur les poteaux de l'éclairage public, ils installent des fusibles haute sécurité ; le logo de Siemens est visible sur les boîtes métalliques. Nous nous approchons.

– Fils de pute, murmure l'une d'entre elles.

C'est la pire insulte du vocabulaire chilien.

– Fils de pute, approuvent les autres.

Quand elles reconnaissent Alicia, elles nous expliquent les raisons de leur colère.

– Vous savez ce qu'ils installent ? Des appareils pour nous empêcher de nous brancher sur les câbles de l'éclairage public. Ici, à La Victoria, personne ne paye l'électricité. D'où on va sortir l'argent ? On peut compter les gens qui ont un travail, et leur salaire ne suffit même pas pour manger. Maintenant, avec ces appareils, on prend une grosse décharge électrique quand on se branche sur les câbles et trois maisons ont déjà pris feu.

Alicia et moi nous nous exclamons :

– Fils de pute !

Nos insultes ne s'adressent pas aux ouvriers de la compagnie d'électricité mais aux directeurs de Siemens qui exportent ces pièges mortels.

Alicia montre la photo des enfants, et les femmes s'y intéressent :

– Mais c'est Marquitos, le pauvre Marquitos. Et les autres ? Le plus petit, celui de la caisse en carton, je crois que c'est Henry.

La voisine jette un coup d'œil et acquiesce :

– Oui, c'est Henry. Et, à côté de lui, Cecilia. Comme ils sont beaux ! Mais la photo date de plusieurs années, non ?

Nous lui répondons qu'elle a huit ans et que nous aimerions retrouver les enfants. Alors, après un bref échange d'opinions, elles nous conseillent d'aller chez Garrido le Fou, un parent de certains gosses de la photo.

Nous prenons congé des femmes. Les employés de la compagnie d'électricité poursuivent l'installation des sinistres appareils qui vont continuer à mettre le feu chez les gens qui osent se brancher sur les câbles pour s'éclairer la nuit, écouter la radio, voir à la télé les pubs pour Siemens.

– Ils nous condamnent à vivre sans lumière, commente Alicia. Avant, chaque famille essayait d'être à jour avec les factures d'électricité, mais avec la dictature le chômage et les dettes sont arrivés. D'abord, ils nous ont coupé le courant et ensuite ils ont enlevé les compteurs. Maintenant, si tu veux avoir de l'électricité légalement, tu dois payer l'arriéré et acheter un compteur neuf. Et vous savez pourquoi on ne s'en prend pas aux employés ? Parce qu'on sait que ce sont des exécutants, des pauvres comme nous. Même si leur boulot est merdique, ils doivent le faire avec soin. Mais ça n'a pas d'importance, très vite un gamin apprendra à désactiver ces boîtes.

Nous arrivons dans une rue en terre battue. Les maisons sont basses, disparates ; elles se sont multipliées depuis « la prise de possession » pendant l'hiver 1957. Elles sont en brique, en bois, en tôle, en amiante, un matériau formellement interdit en Europe, en carton, en boîtes de conserve aplaties, en rebuts d'autres constructions. Presque toutes ont quelques mètres de jardin où poussent des géraniums – ces orchidées du pauvre – et des herbes médicinales ; certaines ont des treilles de raisin noir, un oranger, un modeste acacia au feuillage toujours impeccable grâce aux bons soins des fourmis, et leur ombre atténue la chaleur impitoyable de l'été à Santiago. La rue est bordée d'arbres plantés par les occupants. Sur certains troncs je reconnais les traces caractéristiques laissées par les balles en pénétrant dans l'écorce. Et partout règne la propreté proverbiale des Chiliens : « *La maison est le miroir de l'âme.* »

Alicia s'arrête devant une construction de briques et de bois :

– Ici, ils ont tué un nouveau-né pendant la dernière manif. Les soldats et les carabiniers ont envahi La Victoria à neuf heures du soir. Ils étaient furieux car les jeunes du Front Manuel Rodríguez leur avaient livré bataille sur les barricades de la Panaméricaine. Ils ont tiré sur tout ce qui bougeait – les gens, les chiens, les chats – et ont balancé des lacrymos dans les maisons. Ici il y avait deux petits vieux et un nouveau-né, leur petite-fille. Les carabiniers ont jeté quatre ou cinq grenades par une fenêtre et l'une a éclaté tout près du bébé. Elle est morte dans son berceau. Elle avait deux semaines.

Nous poursuivons notre chemin. Sur un mur on peut lire : « Être jeune c'est être audacieux. Ne te laisse pas utiliser. Mouvement révolutionnaire Lautaro. » Plus loin, un graffiti rend hommage à John Lennon : « Imagine une vie en paix. » Un peu plus loin, on voit une fresque inspirée par les vers de Neruda de la Brigade Ramona Parra, à côté des promesses de salvation éternelle d'une secte religieuse. Je m'étonne de ne pas voir de slogans politiques après les élections présidentielles.

Alicia me répond :

– Il y en a eu, et même beaucoup. Si les partisans de Büchi venaient coller des affiches, d'accord, bienvenue. Si c'étaient ceux d'Aylwin, d'accord, bienvenue. Idem pour ceux de Fra Fra Errázuriz. Ils ont couvert plusieurs fois La Victoria de papier mais, dès qu'ils partaient, les jeunes arrachaient les affiches car on peut vendre le vieux papier au kilo.

Soudain la rue débouche sur un terrain entouré de fils barbelés. Le sol en ciment, fissuré en plusieurs endroits, accroît la chaleur.

Alicia secoue la tête :

– Avant, ici, il y avait un parc. Une place. On l'avait construite nous-mêmes en y consacrant plusieurs jours de travail volontaire pendant la présidence du camarade Allende. Elle était jolie. Chacun avait apporté une plante, un arbre, on en avait même de tous les pays d'Amérique latine. On aurait dit un jardin botanique en miniature et c'était un plaisir de venir s'y asseoir l'après-midi. Mais après le coup d'État, les militaires sont arrivés un jour avec un bulldozer et l'ont effacée de la carte. Ils ont dit que c'était un lieu de rencontres subversives. Ils ont tout de suite recouvert le sol de ciment et entouré le terrain de barbelés. C'est là qu'ils enfermaient tous les hommes de plus de dix ans pendant les perquisitions. Je crois qu'en Europe on appelle ce genre d'endroit des camps de concentration…

Nous entrons dans une autre rue propre et fraîche. Le son d'un téléviseur s'échappe d'une fenêtre ouverte. Nous nous arrêtons malgré nous. Je connais la mélodie, c'est un spot que j'ai vu souvent sur des télés en couleur. L'image en noir et blanc le transporte hors du temps et le rend pathétique : une musique douce accompagne le parcours d'un camion chargé de chevaux. La caméra aérienne capte les mouvements nerveux des animaux. Elle se rapproche, se concentre sur un superbe coursier qui commence à ruer contre une des parois de l'enclos mobile où ils sont enfermés. Il rue de plus en plus. Le bois cède, tombe, et les chevaux galopent, libres, totalement libres à travers les terres d'Almería où le spot a été filmé. « Voilà le Chili que j'aime », dit la voix sensuelle d'une speakerine tandis que les chevaux galopent, galopent en soulevant la poussière espagnole sous leurs sabots.

– On arrive, dit Alicia.

À quelques mètres de nous, une silhouette accablée occupe un banc de bois à l'ombre d'un acacia. C'est un homme âgé. À première vue, il a l'air d'avoir plus de soixante-dix ans. Il porte un pantalon rapiécé, une chemise blanche au col et aux poignets effilochés, des souliers au cuir fendu mais parfaitement cirés. Une casquette enfoncée jusqu'aux yeux complète sa tenue.

C'est Garrido le Fou. Alicia le présente sous le nom de don Antonio et lui parle de notre projet. L'homme acquiesce et Alicia lui dit aussitôt : « Je dois partir car j'ai beaucoup de choses à faire mais je vous laisse entre de bonnes mains. » Avant de prendre congé, elle charge don Antonio de trouver quelqu'un pour nous raccompagner au *Kindergarten* quand nous aurons fini de parler. L'homme acquiesce de nouveau et, avec un sourire édenté, nous invite à prendre place.

– Ce sont ces enfants, dis-je en lui montrant la photo.

L'homme la prend. Ses petits yeux se rétrécissent pour mieux voir. Je regarde ses mains, petites, nerveuses, énergiques, puis je parcours ce visage sillonné de rides.

– Oui, je les connais. Difficile de ne pas les reconnaître, s'exclame-t-il comme s'il se parlait à lui-même.

Pendant ce temps je me bats avec ma mémoire. Je

viens de revenir au Chili après quatorze ans d'exil et mes souvenirs sont confus mais cet homme ne m'est pas étranger.

– Pardon de vous regarder comme ça, don Antonio, mais je connais votre visage, je ne sais pas pourquoi.

Alors l'homme serre les poings et les élève à la hauteur de son menton.

– J'étais un champion.

Tout devient clair dans ma mémoire, les souvenirs se précisent. Évidemment : Garrido le Fou, un grand boxeur chilien, champion d'Amérique du Sud des poids welter, une véritable idole dans les années soixante. En me rappelant que son combat pour le titre sud-américain a eu lieu il y a vingt-cinq ans, je découvre que ce vieillard frise à peine la cinquantaine.

– J'étais un champion, répète-t-il en acceptant une cigarette.

Il fume avec délectation. J'ai beaucoup de questions à lui poser mais aucune ne me vient aux lèvres, alors je décide de le laisser parler à sa guise.

– Les gosses. Quatre d'entre eux sont frères. Ce sont mes neveux. Ils sont tous sur cette photo et c'est bon de les voir rire. Ils aimaient rire, comme tous les enfants. Ils ne prenaient rien au sérieux. Chaque fois que j'allais les voir, ils me demandaient de leur raconter mon combat contre Panamá Joe. Je l'ai gagné par KO, le Panaméen. Mais c'était dans le temps. Celui qui rigolait le plus c'était Marcos, celui qui enlace Jorge. Pauvre Marcos, pauvre petit Marcos. C'était de la graine de sportif ce gosse et, s'il avait enfilé les gants, il aurait réussi à être un champion. Il y a de bons boxeurs au Chili ; rappelez-vous Arturo Godoy, Stevens, Vargas, les Molina. Marcos avait de l'assurance et les mains solides. Pauvre gosse.

– Don Antonio, qu'est-ce qui est arrivé à Marcos ?

– Vous ne le savez pas ? Il est mort. Il s'est fait piquer en train de voler et il s'est fait descendre. Pauvre Marcos. Qu'est-ce qu'il pouvait faire d'autre ? Chez lui il y avait et il y a encore une douzaine de personnes. Un grand-père alcoolique les tyrannisait ; le père était parti en abandonnant sa femme et ses cinq enfants. L'aîné était en prison où il purge encore une peine pour attaque à main armée et Marcos devait nourrir la famille. Un maudit après-midi de 1986, il est parti voler avec un ami. Ils sont arrivés au Marché central et ont piqué un sac plein de nourriture. Le copain m'a raconté que ça leur avait semblé facile ; un homme chargé de paquets en avait posé un sur le sol pour faire d'autres achats et Marcos l'avait pris à l'arraché. Manque de pot, l'homme était un carabinier en civil. Manque de pot. Il a sorti son revolver et il a tiré. Manque de pot. Marcos a pris la balle dans la tête et il est mort sur le coup. Pauvre gosse. Il avait quinze ans…

Garrido le Fou se tait. Je réfléchis à ce qu'il vient de nous raconter sur Marcos et je me souviens qu'un jour, en Allemagne, j'ai lu quelque chose à propos d'un gosse chilien tué par balle pour avoir volé de la nourriture. La nouvelle faisait partie du décompte quotidien des horreurs et des scandales et n'avait pas touché grand monde car de tels faits font partie de la vie et parce que ce gamin de quinze ans ne jouait pas un rôle important dans l'histoire quotidienne vendue sur les marchés de l'information. Pauvre Marcos. Marcos pauvre. Il était né et avait grandi avec son épitaphe sur le dos.

Un enfant s'approche d'un pas timide et méfiant. Il a une dizaine d'années. Il porte un pantalon gris, des baskets usées, une chemise blanche et une très sérieuse cravate bleue ; la brise légère joue dans ses cheveux emmêlés. Il s'arrête à quelques mètres de nous.

Garrido le Fou lui fait signe de s'approcher.

– C'est Henry. Celui de la boîte en carton. Viens, Henry, viens voir comme tu es gros sur la photo.

Henry se regarde à côté de ses frères et d'un copain. On lui explique qu'il était comme ça il y a huit ans et il sourit, amusé. Il passe les visages en revue et tressaille en s'arrêtant sur celui de Marcos. Nous lui demandons où il va.

– À l'école.

Sa réponse nous étonne car il n'a aucun matériel scolaire. Garrido le Fou comprend notre surprise et nous éclaire :

– Il va à l'école pour manger. C'est son seul repas chaud de la journée. Il ne va pas encore en classe parce qu'il n'a ni livres ni cahiers. Henry, quand tu auras mangé, amène tes frères pour qu'ils voient la photo. Et dis à Jorge de venir aussi. À cette heure il doit être chez lui.

Henry s'en va en courant et nous crie de loin

qu'aujourd'hui, c'est vendredi, il y a du poisson frit à l'école.

En attendant son retour en compagnie des autres gosses, on parle de tout : de l'organisation du quartier, du parti politique le plus important à La Victoria, de la boxe chilienne aujourd'hui, du manque de bons pugilistes dans le monde, d'un *milk-bar* ouvert récemment par les membres d'un club de jeunes ; on n'y vend pas de lait parce qu'il est très cher, juste du thé et des sodas.

– Les jeunes ont des projets intéressants, de bonnes idées. Ils veulent ouvrir une petite salle de cinéma, créer un groupe de théâtre et même un club de sport. Ils m'ont contacté pour que je leur apprenne à boxer.

Tout d'un coup, un véhicule passe en soulevant la poussière. C'est un combi Volkswagen récent. L'inscription « Presse » ostensiblement placardée sur le pare-brise fait sourire Garrido le Fou.

– Ce sont des journalistes venus d'Europe. Ils ont appris le retour de Pierre Dubois, le curé expulsé par Pinochet, alors ils sont tout un tas à vouloir faire des reportages. Les Européens doivent être très feignants car ils ne se déplacent jamais à pied. Ils parcourent La Victoria en voiture, ils filment, prennent des photos, parlent tout au plus avec les curés et puis ils s'en vont. Une fois, j'ai vu un film sur le tourisme en Afrique. Les journalistes européens font la même chose : un safari dans La Victoria.

– Don Antonio, racontez-nous votre combat pour le titre.

En entendant ma demande, les yeux de cet homme usé s'allument et les premières phrases du *Vieil homme et la mer* se bousculent dans ma mémoire, celles où Hemingway décrit les yeux invaincus de son formidable personnage. Les yeux de Garrido le Fou sont, eux aussi, invaincus.

Dans le combat pour le titre, Garrido le Fou avait presque tout contre lui. Panamá Joe, son adversaire titulaire du titre, était un boxeur formé par les Nord-Américains basés dans la région du Canal. Quand il était monté sur le ring, le Panaméen était mieux entraîné, mieux équipé, mieux nourri, et avait les faveurs de la majorité du public. Les deux boxeurs s'étaient salués en espagnol, avaient approuvé d'un hochement de tête les instructions de l'arbitre, entrechoqué leurs gants et s'étaient retirés dans leur coin. La cloche avait sonné et Panamá Joe avait commencé à régaler le public avec sa stratégie de démolition. Pendant les deux premiers rounds il avait acculé Garrido le Fou contre les cordes en lui portant des coups sévères aux bras et aux reins. Il ne lui permettait pas de gagner le centre du quadrilatère, ne se laissait pas entraîner au combat à distance, ne lui laissait pas la moindre chance de décrocher son direct du droit, celui qui rendait le boxeur chilien si redoutable.

– Mais, au début du troisième round, il a commis l'erreur de sa vie : en plaçant son protège-dents, il m'a parlé en gringo. C'était peut-être une insulte, je ne sais pas, mais ça m'a suffi pour sortir des cordes et lui mettre une série de coups du gauche jusqu'au moment où il s'est trouvé à la bonne distance pour un bon direct du droit. Il est tombé comme un sac : KO à la première minute du troisième round. Je n'ai pas reçu un seul applaudissement des gringos, ils m'ont sifflé et l'arbitre a levé mon bras de mauvaise grâce mais je suis descendu du ring avec la ceinture de champion.

– Et qu'est-ce qui s'est passé ensuite, don Antonio ?

– Ensuite, j'ai dû défendre le titre. Trois fois. Contre le Péruvien Valdebenito, l'Argentin Porras, le Mexicain García. Je les ai battus tous les trois.

– Donc vous êtes toujours champion.

– Non. J'étais champion. Vous savez, chaque fois qu'ils ont perquisitionné La Victoria et enfermé tous les hommes dans ce qui, avant, était une place, il y a toujours eu un militaire ou un carabinier pour me reconnaître et s'offrir le plaisir de cogner sur un champion.

Garrido le Fou se tait, il regarde ses mains. Peut-être qu'à les voir nues, sans l'éloquente élégance des gants, il les rend responsables de toutes les humiliations subies.

CINQ

Trente minutes se sont écoulées quand, à l'entrée de la rue, nous voyons apparaître le petit Henry en compagnie d'une fille et de deux jeunes garçons. Au fur et à mesure qu'ils s'approchent, nous comparons leurs visages avec ceux de la photo. Oui, c'est bien eux. Les yeux sont restés les mêmes. Leur chevelure noire n'a pas changé de couleur mais les sourires purs fixés sur le papier il y a huit ans ne sont plus les mêmes.

Henry, montrant qu'il nous connaît, se charge de faire les présentations et explique ce que nous voulons. La fille et les garçons haussent les épaules, me demandent des cigarettes et, tout en fumant, nous disent qu'ils n'aiment pas les journalistes.

– Ils ne tiennent pas leurs promesses. Pendant les manifs, ils nous rassemblaient sur les barricades ou nous faisaient lancer des pierres pour nous prendre en photo. Ils ont toujours dit qu'ils nous les enverraient mais ils ne tiennent jamais leurs promesses.

Au cours d'une conversation à bâtons rompus, nous apprenons que tous ces enfants, y compris le petit Henry, ont dressé des barricades, brûlé des pneus, préparé des cocktails Molotov, essuyé souvent des tirs. Ils en parlent comme d'un jeu innocent. Ils tapent sur l'épaule de Pablo et le déclarent meilleur « renvoyeur » de grenades lacrymogènes.

– Tu n'avais pas peur, Pablo ?

– Je ne sais pas. Moins que les Palestiniens de l'Intifada. Et puis, ça sert à quoi d'avoir peur ? Moi je ne veux pas vivre…

Garrido le Fou secoue la tête en entendant ces paroles. Il a envie de dire quelque chose mais le regard impérieux de Pablo, qui a seize ans et qui ne veut pas vivre, croise celui du champion prématurément vieilli et l'oblige à se taire.

– Et toi, Cecilia, tu es d'accord avec Pablo ?

Cecilia a dix-sept ans. C'est une jolie fille. Elle

balance son corps bien fait sur des chaussures aux talons usés et cherche ses mots.

– Je ne sais pas. Avant, je rêvais de vivre. Je rêvais de toutes les belles choses que je pourrais faire quand je serais grande. Maintenant, je ne rêve plus. Maintenant, j'ai peur de rêver et, quand ça m'arrive, ça me met en colère, les rêves sont des mensonges.

Tout en parlant, Cecilia couvre une partie de son visage avec ses longs cheveux noirs. Je veux savoir ce qu'elle cache et, quand j'allume sa deuxième cigarette, je peux apercevoir une cicatrice qui coupe sa lèvre supérieure, tout près de la commissure.

Plus tard, tandis que nous marchons vers l'endroit où, huit ans plus tôt, Anna les avait pris en photo, Garrido le Fou me raconte l'histoire : cette cicatrice est le résultat d'une raclée que lui a donnée son frère Mauricio, à peine plus âgé qu'elle, chargé de veiller sur l'honneur de la famille. Un après-midi, il a surpris sa sœur en train de faire la pute, elle se vendait sur le paseo Ahumada, il l'a ramenée à la maison en la rouant de coups.

Sur les quatre garçons, Jorge est le seul à faire des études, il va dans un collège technique et fait une formation en mécanique auto.

– Quand j'aurai fini mes études, je quitterai le Chili, j'irai en Australie, nous dit-il avec assurance.

Je lui fais remarquer :

– C'est très loin, l'Australie.

– Tant mieux, répond-il avec encore plus d'assurance.

Le petit Henry nous dit que lui aussi il quittera

le Chili, mais pas pour être mécanicien : il sera footballeur, comme Maradona ; ils gagnent un paquet de fric et ont de belles voitures, nous dit le petit Henry, et il se met à parler de Schuster, de Butragueño et surtout de Maradona, son idole.

Nous arrivons enfin à l'endroit où Anna avait pris la première photo. C'est un des murs de l'église catholique de La Victoria. L'entrée est ornée de fleurs en papier et de phrases de bienvenue adressées à Pierre Dubois. Une bougie brûle près d'une fenêtre : la balle qui a tué le prêtre français André Jarlan est entrée par là.

Tirée par un soldat, elle a atteint le curé dans le dos, est ressortie par la poitrine et s'est incrustée dans la bible qu'il lisait à ce moment-là.

Les enfants se replacent comme sur la première photo ; de gauche à droite : Cecilia, Pablo et Jorge. Entre Cecilia et Pablo, au premier plan, le petit Henry.

Il manque Marcos. Il manquera toujours Marcos. Je découvre que nous ne pourrons pas parler du temps qui s'est écoulé entre les deux clichés car cet intervalle, ces huit années sont là, sur le mur nu, dans l'espace laissé par Marcos, assassiné à quinze ans pour avoir volé de la nourriture, sur le visage de cette adolescente qui, déjà, ne rêve plus et ne veut plus rêver, chez cet enfant qui ne veut pas vivre, chez cet autre qui brûle de partir, le plus loin possible, et chez le petit Henry qui se voit dans un stade lointain, courant derrière un ballon sous un maillot étranger.

Et je découvre aussi que, dans le vide laissé par

Marcos, il y a la pureté, cette pureté qui m'a accompagné, comme un baume, tout au long de mon exil.

Anna recule de quelques pas, l'objectif cherche, la main règle la lumière puis l'appareil descend pour permettre aux yeux de prendre la mesure la plus précise : celle de l'humain.

Avant de prendre la photo, Anna cherche un mouchoir et s'èssuie les yeux. Ce n'est pas un grain de sable qui la gêne. Ce n'est pas le soleil de Santiago qui voile ses pupilles. C'est l'impuissance face à ces huit années.

Clic. Voilà, nous avons le deuxième portrait de groupe sur fond d'absence.

SIX

Nous prenons le chemin du retour pour retrouver Alicia au *Kindergarten*. Garrido le Fou n'a pas eu besoin de nous fournir un accompagnateur : les quatre gamins et d'autres aussi qui ont appris l'histoire des photos nous guident, nous escortent, nous protègent pour que personne ne nous agresse, pour que rien ne nous arrive.

Nous prenons congé de Garrido le Fou. Je veux lui laisser mon paquet de cigarettes mais il n'en accepte qu'une et, devant mon insistance, il me dit :

– Bon, une autre pour cet après-midi mais pas plus.

Voilà tout ce qu'accepte sa dignité de pauvre et de champion.

En chemin, Anna explique aux enfants comment fonctionne son appareil et le leur donne pour qu'ils se prennent mutuellement en photo. Alors, l'œil collé au viseur, je vois sourire Cecilia, Pablo, Jorge et tous les autres, ce même sourire, pur, innocent, d'il y a huit ans, comme si, à travers l'objectif, ils redécouvraient un monde connu mais que la répression de la joie, l'enfance spoliée, les rêves piétinés et le désespoir leur ont fait perdre. Comme si, de l'autre côté de l'objectif, ils voyaient Marcos et reconstituaient l'unité d'un groupe d'enfants souriants qui, en Allemagne, avaient impressionné les participants dans les manifestations de solidarité avec le Chili.

– Qui sont ces enfants ? demandaient-ils.

– Ce sont des enfants de la Victoria, un quartier très pauvre de Santiago, répondions-nous sans rien savoir de leur vie.

SEPT : DE NOUVEAU HAMBOURG

En Allemagne, un an après cette rencontre, j'apprends en lisant les journaux que le président Aylwin reconnaît officiellement que plus de deux mille assassinats ont été commis pendant la dictature ; il annonce en même temps qu'on ne dévoilera pas les noms des assassins et qu'ils ne seront pas jugés. Je pense alors à l'innocence de ces visages, cette pureté qu'ils n'ont pas perdue mais qu'on leur a volée au nom de la Patrie et d'autres mots creux, dépourvus de sens, répétés aujourd'hui comme une invocation pour réaliser la réconciliation nationale. Et cette colère me libère enfin de la sclérose et je suis capable d'écrire ces lignes malgré l'amère certitude qu'elles ne changeront rien.

Au nom de la Patrie, on imposera l'oubli à l'absence qui sépare ces deux photos de groupe. Au nom de la Patrie, on verra se réconcilier ceux qui ont souffert d'être écartés du pouvoir et les assassins de ceux qui n'ont pas d'avenir.

Alors l'écriture devient une option gênante et notre désir de justice se transforme en grimace ridicule, en ce rictus de crétin que nous renvoie le miroir de la réalité.

Mais, de l'autre côté de ce miroir où nous devons nous regarder danser sur une musique de commande, nous ne trouverons pas le tain des images fidèles. À peine une pâte fétide et visqueuse, un amalgame de mensonges, d'ignominies et d'escroqueries. Pourtant j'écris enfin ces lignes qui seront publiées dans une revue solidaire et lues par des hommes et des femmes prêts à défendre avec force la pureté de ces enfants et la tendresse du monde.

Sankt Pauli, Hambourg, mai 1990

Plateforme Larsen B.

Mon ami Victor prend les commandes de son petit Pipper, contrôle les instruments sans dire un mot, attend le feu vert de l'aiguilleur du ciel et, aussitôt après, nous nous élevons au-dessus des eaux couleur d'acier du détroit de Magellan. Le vent éternel soufflant du Pacifique agite l'appareil comme une feuille, lui fait faire des embardées, jusqu'au moment où les mains habiles du pilote réussissent à prendre le vent par l'arrière pour un vol plus calme. C'est le moment tant attendu où mon ami tire sur le piston qui règle l'arrivée du combustible et s'exclame, avec un geste de la main droite qui voudrait embrasser tout l'horizon :

– Regarde comme c'est beau ! Ne m'amène pas de touristes, s'il te plaît !

Nous volons en direction de l'Atlantique, en bas, le détroit de Magellan s'ouvre en criques et se ferme en étranglements. Sous le soleil qui se faufile entre les nuages, l'eau brille pour mettre en évidence les villages de pêcheurs, les colonies de pingouins où des milliers d'oiseaux vêtus comme des ambassadeurs contemplent l'horizon, les hameaux abandonnés à l'histoire tragique comme Puerto del Hambre (le Port de la Faim), les troupeaux de loups de mer qui s'ébattent sur les rochers, les centaines de débris d'embarcations victimes des orages ou encore les compagnies de dauphins nageant à toute vitesse et dans l'ordre le plus parfait qu'on puisse imaginer. Bien sûr, c'est beau de voler sur la ligne d'eau qui délimite les confins du continent américain et de la Terre de Feu. Une sensation contradictoire de paix et de violence étreint le voyageur, un désir d'éternité s'empare de son esprit. L'envie de s'exclamer « J'espère que tout cela ne changera jamais » s'étrangle dans la gorge, parce que cette beauté a toujours été en danger, et aujourd'hui plus que jamais.

Après l'annonce des futures exploitations pétrolières dans les eaux antarctiques et sur le continent blanc de l'Antarctique lui-même, les habitants de la Patagonie et de la Terre de Feu craignent à juste titre pour l'avenir de ces paysages où la nature témoigne de l'âge de notre planète. Au cours de l'année 2006, les travaux pour extraire le pétrole au Bout du Monde ont commencé soit sur des plates-formes marines soit en forant le sol de glace et aucune compagnie pétrolière, aucune, n'a fait d'étude indépendante sur l'impact environnemental.

– Ne m'amène pas de touristes, répète Víctor tandis que nous tournons en l'air en attendant l'autorisation de survoler l'espace aérien argentin pour filer vers Ushuaia.

Mon ami ne manque pas de raisons de se plaindre et pourtant il n'est pas ennemi du tourisme. Il y a deux ans, alors qu'il servait de pilote à des photographes allemands désireux de voler au-dessus du glacier Perito Moreno, au mois de juillet, c'est-à-dire en plein hiver austral, il a remarqué de vastes étendues d'eau, de glace fondue, à la cime du glacier. Elles s'infiltraient par ses flancs, provoquant la chute de blocs de glace plus importants qu'à l'ordinaire.

L'éboulement des blocs de glace, leur chute dans un rugissement aussi vieux que la planète, c'était un élément de la vie naturelle dans ce qu'on devrait appeler le Grand Parc naturel de la Patagonie, de la Terre de Feu et de l'Antarctique, un territoire qui devrait sans aucun doute faire partie du patrimoine de toute l'humanité, tout comme les grandes forêts tropicales qui sont aujourd'hui à la merci de la voracité du marché.

– Maintenant, me dit Víctor, des milliers de touristes viennent voir tomber des blocs de glace de plus en plus nombreux, et comment les glaciers disparaissent, c'est-à-dire constater joyeusement la mort de ces paysages. On paie aujourd'hui, mon ami, pour être témoin de la mort du monde.

Depuis Ushuaia, on nous annonce que nous devons attendre avant de pénétrer dans l'espace aérien de l'Argentine, alors nous décidons de prendre le chemin du retour en survolant la Terre de Feu en direction de Porvenir, une petite ville presque en face de Punta Arenas, éternellement balayée par le vent, et qui entre autres avantages possède celui d'avoir eu la première salle de cinéma du continent sud-américain. Le bâtiment existe encore et on peut visiter un musée du cinéma, petit mais très intéressant.

Pendant le vol, je demande à Víctor de me répéter ce qu'il a éprouvé « le jour de la peur ».

– C'était plus que de la peur. Il n'y a pas de mots pour en parler. Tout ce que je peux te dire c'est que soudain le monde entier a craqué comme s'il se brisait en deux.

C'était pendant l'été 2002, au mois de décembre. Víctor avait accepté de piloter un Antonov qui transportait un groupe d'aéronautes entre Punta Arenas et le territoire antarctique. Ils voulaient survoler en montgolfière la mer de Weddell jusqu'au pôle Sud.

L'équipe logistique avait effectué le voyage quelques jours plus tôt pour préparer une piste d'atterrissage sur la glace. Étant donné l'habileté de mon ami, capable de faire atterrir n'importe quel avion sur une surface minuscule, poser là un Antonov ne semblait pas compliqué. Tout s'était bien passé, en effet, mais à peine avaient-ils atterri, alors qu'ils commençaient tout juste à décharger la cargaison, qu'ils avaient été saisis d'épouvante en entendant un rugissement remplir l'atmosphère, le cri d'agonie d'un animal de cauchemar, gigantesque, épuisé, qui s'écroulait dans la mer de Weddell.

Ce jour-là, à quelque quatre-vingt-dix kilomètres au nord-ouest de la piste d'atterrissage improvisée, la plateforme de glace Larsen B. s'était détachée de la péninsule antarctique, se transformant en un iceberg de 12 500 km^2.

Au cours des cinquante dernières années, la température de l'Antarctique, de la Terre de Feu et du sud de la Patagonie a augmenté de 2,5 degrés et cette augmentation est parfaitement visible sur tous les glaciers. C'est la fin des glaciers.

Depuis le jour où la Larsen B. s'est détachée, l'Antarctique, la Patagonie et la Terre de Feu sont à la merci de changements aux conséquences imprévisibles. Il ne s'agit plus seulement des effets indiscutables du changement climatique mais également de la réalisation de projets énergétiques peu soucieux de la protection de l'environnement.

Une entreprise espagnole envisage de construire des barrages en Patagonie, c'est-à-dire de dévier, de retenir et de modifier le cours des fleuves nés de la fonte de plus en plus importante des glaciers. Un tourisme peu soucieux de la fragilité de la région est également responsable de la dégradation de l'environnement, car multiplier par cent en moins de dix ans la navigation sur les eaux qui bordent le glacier San Rafael pour permettre à quelques nantis d'aller en Zodiac boire un whisky avec un morceau de glacier dans leur verre ne constitue pas une manière responsable de promouvoir les beautés de la région.

La Patagonie, la Terre de Feu, les confins du Bout du Monde sont en danger. Une vision irrationnelle du progrès et le développement intensif, auxquels s'ajoute un tourisme irrespectueux, font de ces territoires extrêmes des lieux condamnés.

Tandis que nous volons au-dessus de la bahía Inútil, Víctor me dit :

– Dans un avenir proche, en arrivant aux abords du Perito Moreno, les touristes pourront lire : ici il y avait un glacier.

Chili, une semaine de voyage 30 janvier 2009.

Je me demande si je roule sur une route chilienne, européenne ou nord-américaine. Le paysage est parsemé d'affiches qui parlent de la crise économique provoquée par les maîtres de l'argent : achetez en temps de crise, ne soyez pas idiot ; échappez à la crise en investissant en bons alimentaires, il y aura toujours de la faim dans le monde. La crise ? D'aimables jeunes filles offrent des massages tantriques garantis. Le sujet me préoccupe, je le reconnais, et je commence moi aussi à penser à la crise. À San Ambrosio de Linares je fais halte dans un relais routier : la voix de Carla Bruni susurre quelque chose à propos d'un certain Raphaël et moi je commande un steak avec deux œufs à cheval. Je demande au serveur ce qu'il pense de la crise et il me dit qu'il fait totalement confiance à Obama. Je veux savoir pourquoi et sa réponse est non seulement évidente mais déconcertante :

– Parce qu'il est noir et que les noirs n'ont connu que ça dans leur vie.

Au Chili, sur l'autoroute, les stations-services sont des oasis wifi. Tout propriétaire d'un ordinateur portable recherche un endroit ombragé pour y consulter son courrier électronique. Je m'approche d'une jeune internaute et je lui pose la même question à propos de la crise.

– Ça ne nous concerne pas, nous sommes un pays riche, l'heureuse copie de l'Eden, me répond-elle en fredonnant le vers de l'hymne national qui évoque notre condition de copie améliorée du paradis.

Je reprends la route pour échapper à cette optimiste.

1er FÉVRIER : GRILLONS

À six heures du matin, j'ai fini de lire un formidable roman de Donald Westlake, *Signé Parker*. Les grillons chantent encore dans le jardin et le soleil commence à peine à s'insinuer derrière les Andes. Je pense au vieux Don, à ces whiskies bus dans un vieux bar de Chicago suivis de quelques autres des années plus tard à Gijón. Nous buvions toujours à la santé de Ross Macdonald, mort dans un incendie, en Californie, en essayant de sauver son chat. Maintenant il ne reste plus que moi pour porter ce toast. L'aube a un goût de roman noir. Une bonne raison pour prendre un solide petit-déjeuner et travailler ensuite avec ardeur mais, auparavant, je sors acheter les journaux et j'apprends qu'un assassin chilien, un militaire fier d'avoir tué plusieurs opposants à la dictature va très bientôt retrouver la liberté. Que faire avec tout ça, Don ? Oui, l'aube a un goût de roman noir.

2 FÉVRIER : CIMETIÈRE DE LIVRES

On trouve la société bizarre quand on approche des soixante ans ; je parle de livres que les autres n'ont pas lus et ceux dont ils me parlent ne m'intéressent pas. Mais il y a des situations exceptionnelles : je suis entré aujourd'hui chez un bouquiniste – je ne dirai pas dans quelle ville car les librairies de ce genre sont des patries nécessaires et particulières – dans la seule intention de regarder et de redécouvrir de vieilles couvertures. Dans un panier « Trois pour le prix de deux », j'ai trouvé *Cavalerie rouge* d'Isaac Babel. Au moment de payer, l'employée, une jeune fille d'une vingtaine d'années environ, a voulu savoir si c'était un bon livre. En moins d'une heure, je crois, je lui ai raconté l'histoire de la révolution bolchevique, la saga de la cavalerie rouge, la fin triste et néanmoins logique d'un écrivain qui a anticipé les faits en exerçant le droit le plus naturel de la littérature : raconter l'histoire non pas comme elle s'est déroulée mais comme elle aurait dû le faire.

À la fin, la jeune fille était tout émue et je lui ai proposé d'aller à la cafétéria voisine. Elle a commandé un jus de fruit et moi, une bière, et nous avons trinqué à Isaac Babel, enterré quelque part dans le désert sibérien, aux livres qu'il a sans doute écrits et que la stupidité du stalinisme ne lui a jamais permis de publier.

Je suppose que les choses se sont passées comme ça : l'évêque s'appelait Somoza et sa passion pour les femmes mariées était bien connue. Sa technique de séduction était très simple : il passait du confessionnal aux draps. Tout s'était bien déroulé jusqu'au jour où il s'était mis à fricoter avec l'épouse du plus gros propriétaire terrien de la région. Dans le Sud, la vie est calme, personne ne veut avoir ni causer de problèmes mais le « vivre et laisser vivre » a ses limites. Le gros propriétaire trompé avait un parent à la curie de Rome et l'évêque reçut donc, pour commencer, une réprimande du pape, il l'ignora et fut finalement envoyé comme missionnaire dans un pays africain. Avant de partir, il se planta au milieu de la place et maudit à haute voix tous les habitants de la ville. Par-dessus le marché, il prophétisa que les quatre coins de la place brûleraient jusqu'à n'être plus que des cendres.

D'abord, c'est l'angle sud qui flamba, ne laissant pas même les fondations de la Banque de Talca ; trente ans plus tard, ce fut le tour de l'angle est où une jolie maison du XVIIIe siècle se consuma pendant deux jours, ensuite, à l'angle ouest, la cathédrale se transforma en un bûcher visible de tous les villages alentour. Le dernier angle, au nord, brûla une nuit de l'année 2008 et le palais de Justice où étaient entreposés les documents nécessaires à la condamnation de plusieurs narcotrafiquants, déprédateurs de forêts et détrousseurs de retraités, se métamorphosa en un gigantesque feu de joie qui illumina le visage des habitants, heureux de se voir enfin délivrés de la maudite prophétie de l'évêque Somoza.

– C'est plus ou moins comme ça que les choses se sont passées, me dit joyeusement un photographe de la place.

Je le note sur mon carnet moleskine sans bien savoir pourquoi et l'homme ajoute :

– Mais pour le dernier incendie j'ai des doutes, il y en a qui pensent que les narcotrafiquants se sont servis de la prophétie, et comme vous savez, on pêche toujours mieux en eaux troubles.

– Oui, c'est partout la même chose.

Finalement on se serre la main et je reprends ma route.

Quelques jours plus tard, d'autres gens me donnent des versions différentes de la même histoire, mais je décide de garder celle du photographe. En tout cas, chacune d'entre elles me confirme que tout le monde aime raconter des histoires.

4 FÉVRIER : LA SOCIÉTÉ DU COMTE DE MONTECRISTO

Un homme fête ses cinquante-huit ans. Il a été commandant guérilléro pendant les années les plus dures de la lutte contre la dictature de Pinochet. Aujourd'hui il réunit ses amis dans le patio de sa maison, offre du vin, des rafraîchissements aux nouveaux arrivants et allume savamment le charbon pour que le feu soit bien réparti et que la viande cuise d'heureuse manière. Je regarde mon ami ; il a été un des hommes les plus recherchés par les tyrans. Il sait allumer un bon feu.

Plus tard, nous nous asseyons autour de la table, séduits par le charme d'une de ses nièces qui a sept ans et, poussés par la fraîcheur de cette vie, nous parlons de nos enfants et petits-enfants. Des photos passent de main en main.

D'abord on sert du poulet grillé, à la peau croustillante, parfaitement assaisonné. Tous et toutes autour de cette table, à l'exception de la petite fille, nous avons connu la lutte, la prison, la clandestinité, la persécution, les tortures – oui et pourquoi le nier –, l'exil, la défaite et la perte de tous ceux qui nous manquent mais nous n'en parlons pas car le poulet est délicieux et les salades faites par des mains de fée.

Ensuite, l'ex-commandant sert de magnifiques côtelettes de porc, couleur d'or, discrètement piquantes, une invite au bon vin que nous buvons. Tous et toutes ici, à l'exception de la petite fille, nous nous connaissons depuis nos treize ou quatorze ans, quand nous militions pour la cause la plus juste, le rêve le plus noble.

Les côtelettes, ça se mange avec les doigts, précise quelqu'un, et, au milieu des compliments adressés au cuisinier, nous nous racontons des anecdotes sur nos enfants et petits-enfants.

La viande de bœuf arrive, tendre, juteuse, cuite à point, saignante. Tous et toutes, nous nous aimons passionnément, et plus encore aujourd'hui, à l'abri de la peur et de l'incertitude, délivrés du poids de l'arme glissée dans la ceinture, du fait de ne pas savoir si, demain, nous serons encore vivants.

La petite fille nous observe, à la fois amusée et préoccupée ; elle dit finalement :

– Quelle drôle de fête. Pourquoi vous ne dansez pas, pourquoi vous ne chantez pas ?

Soudain les lumières s'éteignent et le gâteau apparaît avec ses bougies allumées. L'ex-commandant guérilléro souffle, les éteint, on applaudit, on chante joyeux anniversaire en espagnol et dans les langues apprises pendant l'exil.

Un plateau de fruits ouverts couronne le repas : pastèques odorantes, melons à la chair très fraîche. Il se fait tard pour la petite fille, elle prend congé, nous embrasse, et ses bises sont une récompense qui nous conforte dans tout ce que nous avons fait.

Des alcools sont posés sur la table : eau-de-vie de Colombie, rhum de Cuba, pisco du Pérou et une liqueur à base d'herbes du pays des Mapuches.

Nous parlons du présent, de notre manière de voir la situation politique, nous rions en citant les classiques du marxisme, quelqu'un me demande ce que j'écris et je lui réponds :

– Un roman qui parle de nous.

Tous et toutes, autour de cette table, nous avons des cicatrices visibles sur le corps et quasiment invisibles sous la peau.

En prenant congé, heureux, satisfaits, rayonnants, nous nous donnons de fortes accolades et nous recommandons de prendre soin de nous. Nous ne le disons pas mais la vigueur de nos accolades traduit la devise qui nous unit et qui nous permet de marcher avec dignité, de regarder sans honte nos enfants, de veiller sur l'avenir de nos petits-enfants. Cette devise dit : « *Ni oubli, ni pardon.* »

5 FÉVRIER : LIVRES

J'ouvre la porte et je vois un jeune homme auquel il ne manque plus que le chapeau de Baden Powell pour ressembler à un scout. Il déclare aussitôt qu'il ne demande ni argent ni nourriture, juste des livres, car dans son quartier, ils sont en train de créer une bibliothèque. Après quoi il montre divers documents prouvant sa qualité de biblio-volontaire dans une commune pauvre de Santiago.

Il emporte avec lui *Cavalerie rouge* d'Isaac Babel, un roman d'Andrea Camilleri, *Le Voleur de goûter*, un autre d'Alfonso Mateo Sagasta, *Voleurs d'encre* et deux de mes livres.

Je le regarde s'éloigner, convaincu et décidé. Cet agitateur de la lecture, ce dangereux combattant de la culture n'a pas plus de quinze ans et me rappelle moi quand j'avais son âge.

– Tu pleures ? me demande ma compagne.

– Oui, je pleure parce que tout n'est pas perdu.

6 FÉVRIER : PARCS

J'aime les parcs au crépuscule, quand le silence et le couchant s'unissent dans les derniers rayons de lumière qui se coulent entre les arbres. Dans tous les parcs du monde il y a sûrement un peu de Prague et de Santiago car, assis dans celui-ci, j'imagine la rencontre de deux personnages : l'un vient de Prague et l'autre n'a jamais quitté le Chili. Ils ne se connaissent pas et, pourtant, ils se méfient l'un de l'autre. Je ne peux pas écrire si je ne vois pas clairement le profil de mes personnages, si je ne connais pas par cœur l'endroit où ils se rencontrent, l'odeur de l'air, la direction du vent. Alors, j'attends dans ce parc, je sais qu'ils vont arriver, régler leurs affaires, et que je pourrai enfin aller écrire la fin d'une histoire. La fiction est toujours un prolongement de la réalité.

La dure et tendre fragilité des héros

À Santiago, quand il m'arrive de retrouver autour d'un barbecue quelques camarades avec lesquels j'ai partagé l'honneur d'être membre du GAP[1], je ne peux m'empêcher de penser à la dure et tendre fragilité de l'héroïsme. Je n'ai même pas besoin de fermer les yeux pour imaginer l'un d'entre eux, par exemple, Patán, Tupa ou Eladio, parcourir la ville en quête des bonnes adresses pour acheter la viande, le vin ou les tomates : ils croisent des centaines de personnes, tête basse, qui ignorent pourquoi ces trois hommes, malgré les années, avancent bien droits et sans regarder le sol. Ils ne savent pas que ces hommes sont des héros qui ont combattu aux côtés de Salvador Allende pour la plus noble des idées, qu'ils étaient à peine une poignée à La Moneda à lutter jusqu'à la dernière cartouche, qu'ils ont démontré au combat qu'ils étaient infiniment meilleurs que les traîtres et qu'ils n'ont déposé les armes que parce qu'Allende leur a ordonné de ne

1. GAP (Grupo de Amigos Personales) : garde rapprochée de Salvador Allende.

pas se laisser tuer inutilement, qu'on ne les a pas traités en prisonniers de guerre et qu'ils n'ont été protégés par aucune convention humanitaire.

Eux se sont battus avec courage et honneur, les vainqueurs ne connaissaient que la haine et la servilité des chiens envers les maîtres qui avaient donné l'ordre de mettre fin à la démocratie chilienne. Aucun des membres du GAP n'est mort au combat et ceux qui ont succombé plus tard étaient désarmés, ligotés et torturés dans la caserne de Tacna. Avec le traitement infligé aux prisonniers du GAP, l'armée chilienne s'est déshonorée pour toujours.

Ces hommes sont des héros silencieux, fragiles et durs, car ils ont été à l'école d'Allende et ont partagé avec lui un postulat élémentaire : défendre avec dureté la fragilité démocratique.

J'ai ressenti tout cela et bien plus encore pendant la projection de *Héros fragiles*, le beau film d'Emilio Pacull présenté à Langon, tout près de la maison natale de François Mauriac, au festival des Nuits atypiques.

Quelques jours plus tard je l'ai de nouveau regardé chez moi, au milieu de mes livres et de mes symboles, et j'ai été une fois de plus ému par la tendresse d'un récit où les héros grandissent, deviennent gigantesques et, de ce fait, rendent plus évidente leur superbe fragilité.

Le film de Pacull est un kaléidoscope que le réalisateur agite pour proposer, à travers les combinaisons aléatoires des fragments de verre, des prismes différents qui vont tous dans le même sens : l'héroïsme de ceux qui luttèrent pour réaliser le plus beau des rêves collectifs, celui de la Voie chilienne vers le Socialisme, est né au moment précis où ils ont pris parti pour les pauvres, les dépossédés, les damnés de la terre. Ce sont des héros qui ont, pour seule patrie, une idée rédemptrice et juste. Des héros involontaires.

Voilà la seule manière de comprendre les raisons qui ont poussé Augusto Olivares à rester aux côtés de Salvador Allende, à troquer sa machine à écrire contre une arme qu'il savait à peine utiliser, à choisir le suicide comme point final d'un article où il parlait de la digne possibilité de vivre, mais de vivre debout.

Augusto, ce cher *Perro* Olivares n'avait jamais projeté d'être un héros. Son arme avait toujours été une Olivetti, ses munitions, les articles qui parlaient du présent et le rendaient compréhensible, et, s'il a porté un uniforme, c'est celui de la loyauté envers les principes représentés par l'immense dimension politique et humaine d'Allende. Augusto Olivares était un homme fragile mais les impératifs du rêve de justice du gouvernement populaire ont transformé cette fragilité en acier.

On comprend alors la tristesse de sa veuve, la chère camarade Mireya Latorre ; c'est la tristesse épique de ceux qui ont perdu un être humain doté des vertus les plus pures, un homme qui, au moment où tout était perdu et où l'ombre de la trahison s'étendait sur tout le Chili, a décidé de rester et de défendre la décence avec la fragilité de celui qui sait qu'il va mourir mais qui sait aussi pourquoi il va mourir, et cela transforme la fragilité en courage.

Le film *Héros fragiles* provoque, certes, des émotions fortes, depuis celles qui vous remplissent d'orgueil jusqu'à celles qui vous donnent la nausée comme lorsqu'on voit et entend Orlando Sáenz, un de ceux qui ont comploté, saboté et fait appel aux chiens en uniforme sans le moindre sentiment de responsabilité, de culpabilité, de remords ou d'horreur pour tout ce qui s'est passé au Chili à partir du coup d'État militaire.

On ne sait pas grand-chose des fragiles héros de La Moneda, beaucoup de noms restent encore dans l'anonymat. Certains sont partis en exil, beaucoup se sont battus au Nicaragua contre le régime de Somoza, d'autres ont « disparu » après avoir été torturés dans la caserne de Tacna comme Oscar Lagos Ríos, le plus jeune des défenseurs du palais présidentiel, d'autres encore sont morts parce que c'est la loi de la nature, comme Carloncho, décédé récemment au Mexique, ou Manuel Garrido et Douglas Gallegos, deux inspecteurs de police qui avaient décidé de rester jusqu'au bout auprès de Salvador Allende. D'autres enfin arpentent les rues de Santiago au milieu de gens qui marchent la tête basse sans savoir qu'ils partagent le même air que les héros.

Héros fragiles, du point de vue délicat de l'objectivité, est un document cinématographique indispensable pour savoir ce qu'ont éprouvé cette poignée de personnes respectables qui ont tout donné en ayant l'impression que c'était à peine suffisant.

Grandes inventions perdues

À quelque quatre-vingts kilomètres de Santiago du Chili, tout près de la cordillère des Andes, se trouve Talagante, un petit village tranquille, immuable et statique comme une belle photo du bon vieux temps, avec des maisons basses à l'indiscutable saveur andalouse et une place centrale sur laquelle se côtoient des enfants et des oiseaux qui ne savent pas encore ce que c'est que la peur.

Talagante jouit d'une certaine réputation pour ses gâteaux et ses tartes faites par des artisans pâtissiers, experts en confiture de lait, miel et meringues qui se défont avant même qu'on les porte à la bouche. Talagante a toujours été un lieu de passage, une halte agréable sur la route vers la côte qui ne suscitait qu'un seul commentaire quand on le quittait : sympa, ce patelin.

Pendant de nombreuses années cet endroit n'a été visité que de jour ; à la nuit tombée les voyageurs préféraient l'éviter car, bien que personne ne l'ait jamais constaté, tout le monde avait entendu parler des grottes de Talagante, une série de cavernes secrètes, disait-on, dans lesquelles les pacifiques pâtissiers se transformaient en démons, sorcières, gnomes au corps difforme, qui après s'être livrés aux jeux sexuels les plus splendides, recevaient du diable, Satan, de nouvelles recettes qui faisaient grandir le prestige mérité des tartes et gâteaux du village. Le démon leur apprenait à séduire les palais, à attirer des pécheurs, grâce à la douceur et à l'impeccable facture des millefeuilles.

Avec le temps le vieux chemin sinueux qui menait de Santiago à la côte, semé de tournants dangereux, a été remplacé par une autoroute moderne, et Talagante a cessé d'être cette halte aimable sur le chemin, les revenus de ses habitants ont considérablement baissé et il a été lentement envahi par des hippies, des déçus de la vie urbaine, des astrologues à l'efficacité douteuse ou des révolutionnaires à la retraite. Des gens pacifiques qui ont découvert un endroit ensoleillé pour réchauffer leurs vieux os et du bon miel pour donner à leurs dernières années une indispensable touche d'ambroisie.

Il y a quelques jours j'ai quitté l'autoroute de la côte et je suis allé à Talagante à la recherche d'un individu dont des amis m'avaient parlé. Un type qui avait quitté Santiago après une longue série de tentatives manquées pour breveter des inventions, qui selon lui pouvaient changer le destin de l'humanité, ou du moins faire du Chili un pays vraiment ingénieux et heureux.

Il n'a pas été difficile à trouver. Il prenait le soleil sur un banc de la place et a répondu à la question « C'est vous l'inventeur ? » en me montrant un gros cahier de comptabilité, dans lequel il écrivait ses idées, ses formules chimiques, dessinait ses plans et faisait ses calculs sur la physique compliquée des choses.

Avec la sagesse d'un pédagogue il m'a expliqué les détails d'un moteur qui marchait sans autre combustible que l'eau, selon lui une possibilité de transport écologique prouvée, assez efficace, à l'exception d'un petit détail à la résolution duquel il travaillait : si on installait ce moteur sur un bus d'une capacité de cent personnes, le réservoir de combustible, à savoir l'eau, occuperait les trois quarts du véhicule, mais, m'a-t-il expliqué, il était sûr d'inventer très vite une machine à glace qui lui permettrait de réduire le réservoir d'eau.

J'ai toujours été enthousiasmé par les inventions, j'aime l'ingéniosité humaine, je lui ai donc demandé de me montrer d'autres trouvailles. Il a soupiré en feuilletant le cahier et m'a montré celle dont il était le plus fier.

– Comme on le sait, commença-t-il, l'une des inventions les moins estimées mais les plus indispensables est la couche jetable, que ce soit pour bébé ou pour adulte. Cette couche facilite la vie des mères et j'ai dessiné un modèle entièrement fabriqué en papier. C'est une couche recyclée et qui recycle d'un point de vue aristotélicien ; toutes les idées exposées dans les journaux ou les livres sont transformées en pâte. J'en fais de fines plaques que j'assemble – il en faut dix pour une couche résistante – et entre la cinquième et la sixième épaisseurs je place une graine d'arbre ou de plante d'ornement. Ainsi la couche remplit ses fonctions, le bébé qui la porte fait ses besoins, à peu près trois fois par jour, et au lieu de la jeter la mère, le père ou la nourrice, suivant les instructions simples imprimées sur chacune d'elles, la place dans une jardinière. Quelques jours après, la graine germe et on a un arbre en puissance, un rosier ou un sapin de Noël. Plus tard on le plante, et si on considère que chaque être humain porte des couches pendant environ trois ans de sa vie avec une moyenne de trois besoins par jour, on voit que chaque individu crée sa propre forêt ou sa plantation de belles fleurs odorantes.

Cette invention, poursuivit-il, répond à plusieurs exigences ; d'abord elle revendique l'action scatologique, cependant le plus important c'est qu'en plus d'assurer effectivement l'existence d'une masse végétale pour oxygéner la planète, elle génère une abondante quantité de bois pour le papier ; ainsi le roman, la poésie, la philosophie et l'essai contractent une dette envers la fonction la plus primaire de l'être vivant, et par conséquent s'humanisent.

Je l'ai écouté dans un silence attentif, j'ai regardé ses dessins, ses calculs. Je l'ai laissé au soleil sur la place de Talagante, un endroit de passage où je compte revenir pour en savoir davantage sur ses inventions incomprises.

Première parution, *La Montagne*

Attaque à main bénite

Il existe plusieurs sortes de hold-up, parfois les voleurs portent des cagoules, en d'autres occasions ils agissent à visage découvert et depuis des bureaux très chics à Wall Street, mais la manière la plus commune consiste à se munir d'une arme à feu, d'un couteau ou de tout autre instrument d'intimidation. Cette façon de procéder est communément appelée « attaque à main armée ».

L'attaque à main bénite est une façon de voler beaucoup plus sophistiquée et requiert une collaboration institutionnelle, directe ou indirecte. Il y a quelques jours, j'ai été victime de ce genre d'attaque, et moi, un mètre quatre-vingts, pas loin de cent kilos et ceinture noire de karaté, je n'ai pas opposé la moindre résistance, je le reconnais avec amertume, et je lèche encore les blessures causées par cette humiliation.

J'étais à Cartagena de Indias, une belle cité colombienne des Caraïbes, belle pour les touristes blancs et les Colombiens blancs de familles aussi blanches qu'excentriques, incapables de voir la ceinture de misère qui entoure cette ville que l'UNESCO a déclarée de manière absurde patrimoine de l'humanité. D'une humanité sans Noirs, bien sûr.

La mauvaise humeur prédispose aux catastrophes, dit-on, et il est possible que mon humeur massacrante ait quelque chose à voir avec l'attaque à main bénite, même si elle était pleinement justifiée ce jour-là : tout Cartagena courait derrière l'infante Elena, la fille des rois d'Espagne, en visite dans la ville. Je déclare solennellement ne pas avoir la moindre animosité envers cette jeune fille dont les mérites intellectuels sont : a) sa très haute taille, b) sa très haute taille et c) sa très haute taille. En tant que latino-américain, je suis fils de la révolution française, et tout ce qui sent la monarchie – les privilèges basés sur de vieilles légendes – me met de mauvaise humeur car je suis furieusement républicain.

Pour pallier les effets de cette irritation, je suis entré dans un marché de produits artisanaux dans la seule intention d'acheter un hamac. L'endroit était presque vide : tout le monde courait derrière l'infante et il ne m'a pas été difficile de trouver le hamac désiré. Il était d'un rouge intense, tissé par les meilleurs artisans de La Guajira et, après avoir marchandé avec la vendeuse, j'ai découvert que je n'avais pas assez d'argent sur moi. J'ai donc demandé où se trouvait le distributeur le plus proche et je suis parti dans sa direction sous un soleil d'enfer et une humidité qui collait à la peau.

Le distributeur m'a paru discret, sans logo ni signe distinctif d'une banque quelconque, et j'ai dû trouver cette discrétion agréable au milieu de l'exubérance caribéenne. J'ai glissé ma carte de crédit, attendu de voir apparaître les premières instructions sur l'écran, choisi l'espagnol comme langue de transaction, tapé mon code, cette identité si démocratique qu'elle fait de moi l'égal de Bill Gates, puis j'ai indiqué que je souhaitais retirer de l'argent de mon compte courant, une somme de quatre cent mille pesos colombiens, soit environ cent cinquante euros, et appuyé pour finir sur la touche « validation ».

Normalement, quand on a tapé sur la touche verte, la machine crache les billets, le reçu, et vous rend votre carte, mais, dans ce cas, j'ai vu apparaître sur l'écran : « Souhaitez-vous donner à la Sainte Église catholique a) 1 000 pesos, b) 5 000 pesos, c) 10 000 pesos et d) 0 (zéro) peso. » Oui, je suis fils de la révolution française, je crois à la séparation drastique entre l'Église et l'État, à la société laïque, à la libre-pensée, j'ai donc choisi l'option « zéro peso pour l'Église ». Alors, le distributeur a craché une liasse de billets – il y en avait pour trois cent mille pesos, je les ai comptés –, puis ma carte de crédit et enfin un reçu de quatre cent mille pesos. À ce moment-là, j'ai compris qu'on m'avait attaqué à main bénite car un nouveau message est apparu sur l'écran : « La Sainte Église catholique vous remercie pour votre don de cent mille pesos et priera pour le salut de votre âme. »

La première fois qu'on m'a attaqué à main armée c'était à New York, dans le Bronx. Une bande du Latin Power m'a ôté jusqu'à l'envie de retourner aux États-Unis. La deuxième fois, c'était à São

Paulo où j'ai été victime d'un groupe d'écoliers ; le plus vieux n'avait pas douze ans et, parmi les vingt autres bambins, certains avaient encore des dents de lait. J'ai éprouvé de la rage, de la colère et de l'humiliation, mais j'ai vite oublié car la possibilité d'être attaqué à main armée fait partie de la vie ou de la maudite loi de Murphy. Mais quand on est attaqué à main bénite, volé par la Sainte Église, on est d'abord perplexe et puis ensuite on a la triste impression d'être un parfait imbécile.

J'ai râlé, insulté le distributeur automatique, proclamé à haute voix mon athéisme avant de battre finalement en retraite avec la pire sensation de défaite de ma vie.

Il ne me reste plus que la vengeance des justes car je vais me faire payer ces cent mille pesos colombiens (à peu près trente euros), et par le Vatican. Que Ratzinger le sache : tout objet d'une valeur d'environ trente euros appartenant à l'Église est à moi parce que je suis également fils du comte de Monte-Cristo et j'ai pour devise : « *Ni oubli ni pardon.* »

Première parution, *La Montagne*

L'Enclave

Quelquefois, il se passe des choses qui m'empêchent de dormir, me dérangent à n'importe quelle heure, m'empêchent de prêter attention à la conversation de mes amis. Quand cela arrive, il faut que je m'assoie et que je mette de l'ordre, peu importe où et à quelle heure, je dois simplement m'asseoir et mettre de l'ordre.

J'ai subi ma dernière attaque de ce genre à La Guajira, dans un lieu infernal de la Caraïbe colombienne du nom de Riohacha, un coin où on a du mal à arriver et où, une fois sur place, on découvre un monde sans autre loi que celle que dicte la nécessité de survivre.

Mes hôtes parlaient d'une criminalité effroyable, d'un commerce basé sur la contrebande de produits vénézuéliens et, pour seul attrait touristique, ils m'ont montré les centaines de taches noires qui parsemaient la route. Taches laissées par les centaines de voitures qui, une fois débarrassées de leurs sièges arrière, sont utilisées pour passer en fraude de l'essence du Venezuela. Quelquefois elles brûlent à cause d'un fumeur irresponsable, d'un simple cahot du chemin ou encore après une rafale tirée depuis le véhicule d'un concurrent. Et les chauffeurs grillent jusqu'à ce que quelqu'un se risque à recueillir leurs restes en grattant l'asphalte avec une pelle.

Précisons qu'il n'existe pas une seule station-service légale à Riohacha et que la plupart des véhicules en circulation portent des plaques d'immatriculation bicolores et criardes. Ces voitures, le plus souvent volées, sont amenées en contrebande du Venezuela et, pour essayer de les contrôler, les autorités colombiennes leur délivrent des plaques qui leur permettent de circuler exclusivement sous le soleil torride de La Guajira.

Tout cela est normal dans un territoire sans loi, trop éloigné de l'élégante Bogotá, et fait partie du paysage dans une Caraïbe condamnée à l'immobilisme. Soudain mes hôtes ont décidé de me montrer une autre réalité et m'ont conduit jusqu'à Cerrajón, la plus grande mine de charbon à ciel ouvert du monde, L'Enclave, comme on l'appelle ici.

La piste s'améliore considérablement au fil des kilomètres, une piste privée, bien sûr, et au bout de deux heures de route L'Enclave apparaît comme une ville radieuse peuplée de quakers, de mormons, de témoins de Jéhovah ou de tout autre groupe d'hommes bons, chastes et saints au plus haut point. À L'Enclave, la criminalité n'existe pas, la paix sociale règne, les maisons genre Salt Lake sont équipées d'air conditionné, de moustiquaires, il y a des piscines, des terrains de sport, des gymnases, des supermarchés, des écoles accueillantes.

Pendant ma visite, on me raconte qu'avant de commencer à exploiter un filon, des mains compatissantes débarrassent l'endroit de tous les animaux, y compris les crocodiles et les serpents, d'autres enlèvent le tapis végétal et, plus tard, les arbres et les plantes. Tout cela est transporté dans un centre de protection écologique et quand on a terminé l'extraction du charbon, on ramène le tout, animaux, arbres et plantes, depuis cette arche de Noé temporaire jusqu'à son lieu d'origine. Ni vu ni connu, l'exploitation minière n'a pas entraîné le moindre dommage. Pas de grèves à L'Enclave, les mineurs sont heureux, me dit-on, mais il est absolument interdit de s'entretenir avec eux. Tout le monde s'aime à L'Enclave.

J'ai eu l'idée de demander à qui appartenaient ces terres riches en charbon, principalement destiné à l'Europe. Ma question a provoqué un silence embarrassé puis quelqu'un a murmuré : je ne sais pas mais les Indiens Waayu posent parfois des problèmes sous prétexte que ces terres leur appartenaient avant l'arrivée des conquistadors. Ce sont en tout cas des problèmes sans importance.

J'ai quitté L'Enclave en me demandant pourquoi on ne confiait pas à cette entreprise modèle toute l'administration de la Colombie et pourquoi pas aussi tout le continent pour en faire une énorme enclave heureuse et éternellement souriante, mais j'avais à peine passé la frontière qui sépare L'Enclave du reste du continent que j'ai vu les gardes de la sécurité en train de fouiller les occupants d'un camion déglingué arrêté au bord du chemin. Les passagers étaient très jeunes, joyeux, et ils portaient des instruments de musique, parmi lesquels un accordéon au soufflet noir.

C'était un groupe de *vallenato*, la plus jolie musique de Colombie, ils venaient de jouer dans un festival organisé par l'entreprise minière responsable de L'Enclave. Les gardes fouillaient avec méfiance les percussions, les guitares, les tambourins et les synthétiseurs. J'ai demandé au plus jeune des musiciens où ils allaient, et avant de répondre il a pris l'accordéon, a rempli le soufflet d'air chaud et a indiqué du menton l'horizon vert de la forêt.

– Par là-bas, au cœur de La Guajira, et l'accordéon laissa s'échapper des rythmes qui m'ont fait oublier pour toujours le bonheur imbécile de L'Enclave.

Première parution, *La Montagne*

Histoire de deux tragédies

Fin janvier, à Bogotá, un type du nom d'Harold Vera poussa la porte d'une clinique spécialisée en chirurgie esthétique. Il tenait par la main une belle jeune fille de Tolima, Edna Patricia Espinoza, dix-neuf ans, longue chevelure noire et mère d'une enfant de trois ans. C'était une Miss, c'est-à-dire une jeune fille pauvre dotée d'un joli corps à proposer au plus offrant. Edna Patricia, Miss String 2008, était déjà venue dans cette clinique pour se faire opérer du nez et implanter les seins disproportionnés qui distendaient son chemisier.

Toujours fin janvier, à l'approche de son cinquantième anniversaire, le millionnaire de Bogotá, Andrés Piedrahita, buvait lentement un jus de fruit aussi amer que son sort : le groupe économique Fairfield Greenwich dont il était président avait fait perdre sept mille cinq cent millions de dollars à ses clients du monde entier dans l'escroquerie organisée par Bernard Madoff à Wall Street. Aucun de ses clients ne savait que les fonds confiés à sa garde s'étaient volatilisés, c'est pourquoi son jus de fruit avait un goût amer.

Edna Patricia prit place dans la salle d'attente et acquiesça d'un signe de tête aux instructions d'Harold Vera, son manager. L'homme, vêtu avec la suprême élégance des truands des Caraïbes, lui expliquait : pour être Miss String pendant plusieurs années, il fallait que son derrière ait plusieurs centimètres de plus car le string, accessoire destiné à mettre le cul en valeur, exige plus de chair, toujours plus de chair. Après l'opération, ils rencontreraient le président du concours et la jeune fille découvrirait les prix qui l'attendaient. Confiante et souriante, elle entra donc dans la salle d'opération pour faire augmenter le volume de son fessier.

Piedrahita laissa la moitié de son verre de jus de fruit au goût amer, se leva, réfléchit quelques minutes devant le diplôme prouvant qu'il avait fait ses études à la Boston University School et se dit que sa vie menaçait de devenir difficile. Il ne pourrait pas, comme tous les ans, fêter son anniversaire à Capri et encore moins prendre le Gulfstream 200, son avion privé estimé à vingt millions de dollars. Les actionnaires étaient furieux et il lui fallait garder l'apparence d'une victime de Madoff. Il convenait donc d'oublier temporairement son hôtel particulier de Chelsea, une belle demeure de quatre étages, et ne pas penser non plus à Son Simonet, sa maison de Palma de Majorque décorée avec des œuvres de Botero et pourvue d'un adorable bar, de style marocain, où le prince Paul de Grèce, entre autres illustres invités, se sentait si bien. Oui, la vie devenait difficile pour l'infortuné multimillionnaire.

Edna Patricia se coucha sur le ventre sur la table d'opération et sentit très rapidement les effets de l'anesthésie. Et aussi les mains du docteur Soler, qui lui caressait les fesses en célébrant la beauté de cette jeune croupe. Médecin militaire, le docteur Soler ne s'était jamais spécialisé en chirurgie esthétique et plastique. La jeune fille endormie sur la table d'opération était juste une Miss String qui, à seize ans, avait accouché d'une autre future Miss : le manque d'expérience n'avait donc aucune importance. Malgré le somnifère, Edna Patricia souriait en pensant peut-être à la collection de poupées Barbie qui faisait partie des prix qu'elle avait récemment gagnés. Le médecin militaire lui fit une piqûre, vérifia l'insensibilité de la belle endormie et commença à injecter la silicone dans le fessier.

Piedrahita se dirigea vers le salon et ses vues imprenables sur Bogotá. Là, un fidèle secrétaire expliquait à un journaliste du quotidien espagnol *El Mundo* qu'il s'agissait certes d'une sérieuse contrariété pour son chef mais que celui-ci avait déjà une idée, avec l'aide de Corina, son épouse distinguée dont le *Times* avait dit : « Corina est fondamentale dans le travail de son mari, elle est charmante, douce, se fait rapidement des amis et supervise les merveilleux dîners auxquels les actionnaires sont conviés. Cette femme s'occupe de tout, du papier hygiénique imprimé de motifs égyptiens aux vacances d'hiver dans les meilleures stations de ski d'Europe en compagnie de leurs quatre délicieuses filles, en passant par le yacht de cinquante mètres ancré à Monte-Carlo. Un sourire de Corina a suffi pour que son époux obtienne l'appui de Michael de Picciotto, le chef de l'Union bancaire privée. »

Le docteur Soler ne faisait pas partie de l'équipe de médecins en contrat avec la clinique, c'est peut-être pour cela que, dès qu'Edna Patricia présenta les premiers symptômes d'un arrêt cardiaque, il jeta son masque, ses gants en latex, sa blouse verte, et quitta à toute vitesse la salle d'opération. Le reste du personnel tenta de la réanimer pendant une demi-heure mais tous leurs efforts s'avérèrent infructueux. Miss String mourut avec un nouveau derrière à moitié remodelé. Dans la salle d'attente, le manager accablé maudissait son sort : Edna Patricia ne ferait pas de tournée en montrant son cul à travers toute la Colombie, quant à lui il voyait les quatre-vingts pour cent de ses propres gains partir en fumée.

Piedrahita montra au journaliste des photos de son hôtel particulier de Chelsea, du yacht, de la maison méditerranéenne de Palma de Majorque et de ses délicieuses filles pratiquant l'équitation dans les prés du Country Club. Après quoi il ordonna au secrétaire de donner le press-book au visiteur en insistant sur une interview récemment accordée à la revue *Caras* : « Il a fait ses études au lycée anglo-colombien, avant d'obtenir son diplôme de l'English School ; puis il est parti aux États-Unis réaliser le rêve américain. Il a su mettre à profit son entregent et son charisme pour nouer des contacts. Très habile pour gagner la confiance des gens, il savait séduire en quelques minutes. Il était naturel, simple, intelligent, toujours impeccablement vêtu. Cette aisance sociale lui a ouvert les portes des fêtes les plus courues, des événements les plus importants de la Grosse Pomme. »

– Cette contrariété le déprime énormément, vous comprenez, c'est pourquoi je vous demande de poser des questions brèves et précises, dit le secrétaire.

Edna Patricia Espinoza, Miss String 2008, retourna à Tolima dans un cercueil en bois blanc. Son manager, malgré des efforts désespérés – selon ses propres mots – ne parvint pas à obtenir des organisateurs le prix ni même les cadeaux prévus. Miss String n'avait pas rempli le contrat qui l'obligeait à montrer son cul à travers tous le pays et une jeune fille morte, aussi belle soit-elle – et Edna Patricia l'était –, n'était tout simplement pas vendable.

Sur la terrasse de son penthouse de Manhattan, Andrés Piedrahita maudit en silence Bernard Madoff qui lui a gâché la fête prévue pour son anniversaire et regarde les photos où on le voit aux côtés du magnat Alberto Cortina, du prince Philippe et de la princesse Laëtitia, de Paul de Grèce, en soupirant comme seules peuvent le faire les victimes des grandes tragédies.

Ces deux tragédies sont rigoureusement exactes. La vie est une vallée de larmes.

Première parution, *La Montagne*

Mon Ami, le Vieux

Vingt ans ont passé depuis que ce roman est sorti d'une machine à écrire cabossée et souvent trimbalée, oui, d'une machine à écrire, une de ces bécanes qui appartiennent déjà à l'archéologie de la littérature. J'aime les machines à écrire et je ne supporte pas de les voir réduites à la triste condition d'objet de rebut. J'ai vu plus d'une fois une Olivetti, une Underwood ou une Adler à côté de vieilles lampes ou de vieilles bouilloires, et je l'ai sauvée en payant sa rançon à la mafia de l'oubli. Mais ce n'est pas de machines à écrire dont je veux parler/écrire (c'est la même chose). Je veux parler d'*Un vieux qui lisait des romans d'amour*.

Ce roman est né sans le savoir pendant un épouvantable orage amazonien, en 1978. Je me trouvais en Équateur, première escale d'un exil commencé en 1977 et qui allait durer jusqu'en 1989.

Quand cet orage a éclaté, je vivais depuis quatre mois déjà dans un hameau shuar construit sur la rive est du haut Nangaritza. Je n'étais pas l'un des leurs, mais j'étais comme eux.

J'étais comme eux car je jouissais de tous les

droits d'un membre de cette communauté d'hommes et de femmes de la forêt et remplissais scrupuleusement les tâches qu'ils me confiaient – veiller à garder allumées les trois bûches du feu de bois, m'occuper du verger de yuccas, ramener des crabes de la rivière et tenir en respect les animaux sauvages qui ne devaient pas approcher du hameau – avec le respect élémentaire de celui qui reçoit l'hospitalité, j'essayais de comprendre leurs coutumes. Je n'étais pas des leurs, car même s'ils n'ont jamais mentionné qu'un jour je retournerais vers le monde d'où je venais, c'était une sorte d'accord tacite.

Le jour de l'orage, j'étais parti à la chasse avec un groupe de Shuars. Nous avions formé des groupes de deux et, si je n'ai jamais osé utiliser une sarbacane, j'étais assez adroit dans la préparation des dards. Il fallait entourer la pointe avec de la toile d'araignée avant de tremper cette soie dans du curare, le terrible poison qui paralyse les muscles de l'animal poursuivi.

Mon compagnon de chasse était un Shuar jouissant d'une réputation d'homme juste et généreux. Nous étions des *compadres*, un grade supérieur à la simple amitié ou à la camaraderie des chasseurs. Il a été mon mentor dans la forêt et je dois à ses patientes explications tout ce que j'ai appris. Il m'a montré que pour marcher dans la forêt il fallait faire partie de la forêt, que le pied devait d'abord prendre appui sur le talon avant de poser lentement la plante car le moindre bruit de branche cassée actionnait les milliers de mécanismes d'alarme de l'Amazonie, faisant fuir la proie. Il m'a appris à observer comment une faible brise agitait le feuillage et à adapter mes mouvements au monde sylvestre tout entier. Il s'appelait Nushiño, je n'ai jamais su si c'était son vrai nom mais c'est ainsi qu'il figure dans le roman comme le Shuar qui enseigna au Vieux l'art de vivre dans la fragile et violente Amazonie.

L'orage a éclaté beaucoup plus tôt que prévu et le ciel s'est déchiré en centaines d'éclairs, la foudre détruisait les arbres dont les troncs se fendaient au milieu d'un nuage de soufre et la pluie s'est mise à tomber avec une telle intensité que nous pouvions à peine respirer. Nushiño a chargé la sarbacane sur son dos et s'est mis à courir, j'ai fait de même en posant les pieds sur ses traces, jusqu'à ce que nous arrivions dans une clairière, et là, à l'abri des chutes de branches, nous nous sommes couvert la tête avec le sac destiné au transport des petits animaux que nous avions l'intention de chasser. Ce refuge nous permettait de parler tandis que la pluie fouettait nos épaules.

Dans la forêt amazonienne, un orage efface en quelques secondes les sentiers ouverts à la machette, les rivières grossissent, alimentées par les milliers de ruisseaux transformés en torrents impétueux qui charrient des troncs d'arbre, des animaux surpris, des tonnes de boue et de feuilles mortes. Les berges basses se couvrent en quelques minutes de plusieurs mètres d'eaux en furie qui balaient tout sur leur passage.

Nushiño a voulu savoir s'il me restait assez de force pour faire une longue course, il connaissait un endroit en hauteur où nous pourrions nous abriter. Je lui ai répondu que je me sentais bien et nous nous sommes mis à courir en esquivant les crues avec la crainte que provoque chez les habitants de l'Amazonie le fait de ne pouvoir entendre le langage de la forêt car le bruit de la pluie couvre tous les autres.

Nous avons couru environ trois heures, j'avais du mal à suivre son rythme et je le voyais ralentir le pas pour me permettre de le rejoindre. Il faisait parfois une courte halte, enfonçait sa main dans la boue, observait ce qu'il en avait tiré et m'indiquait que nous allions faire un détour pour éviter les millions de fourmis rouges qui, rendues furieuses par la destruction de leur fourmilière, assouvissaient la haine de leurs minuscules mais implacables mandibules sur tout ce qui se trouvait à leur portée. Et l'eau continuait à tomber sans pitié comme une vengeance du ciel.

Soudain, j'ai vu Nushiño poser les deux mains sur son visage pour se boucher le nez et les yeux et humer profondément. Je l'ai imité et j'ai senti, moi aussi, une bonne odeur de fumée. Il a souri et nous avons couru, guidés par cette odeur.

Sur une hauteur, non loin du fleuve Yacuambi, il y avait une chaumière construite sur pilotis dont le toit de palmes tressées laissait échapper de légères volutes de fumée. Nous nous sommes approchés et, à quelques mètres, Nushiño m'a dit qu'un vieux bizarre vivait là, un Blanc qui parlait très peu.

Plutôt petit de taille, robuste, il avait les cheveux gris et hirsutes des gens de la forêt équatoriale, et une barbe de plusieurs jours, blanche et peu fournie, couvrait une partie de son visage.

Sans un mot, il nous a invités d'un geste à nous approcher du feu brûlant au milieu de sa hutte. Je n'ai jamais senti de chaleur aussi réconfortante. Toujours sans un mot, il nous a tendu une bouteille de *puro*, l'eau-de-vie à soixante degrés ou plus, obtenue par distillation des résidus de la canne à sucre.

La nuit est tombée très vite, il pleuvait toujours. Autour de la hutte régnait une obscurité totale, mais nous étions au sec et à l'abri. Le vieux a allumé une lampe à carbure et, à la lumière de la fragile petite flamme, il a partagé avec nous des morceaux de yucca bouilli et des crabes délicieux.

Après avoir mangé, nous avons de nouveau bu quelques gorgées de *puro*, puis le vieux a coupé en trois un cigare, un de ces *charutos* de tabac sauvage, et s'est mis à parler avec Nushiño dans la langue des Shuars. Comme je ne comprenais pas ce qu'ils disaient, je me suis éloigné pour fumer en regardant l'obscurité de la forêt.

Peu après Nushiño m'a dit que je pouvais dormir dans le hamac du vieux. J'ai refusé en affirmant que je m'installerais par terre, comme lui, alors le vieux s'est adressé à moi avec l'accent des gens de la montagne.

Je ne me rappelle pas ses paroles, je sais seulement qu'il a fait allusion à ma fatigue et m'a indiqué le hamac.

Je suis un écrivain mais je n'ai pas de mots pour raconter ce qu'on éprouve dans un hamac, au beau milieu de l'Amazonie, quand la nuit enveloppe toutes choses et que la pluie tombe sans pitié.

Nushiño s'est installé près du feu et, de mon hamac, j'ai pu voir le vieux porter la lampe jusqu'à un meuble, une sorte de caisson vertical où il rangeait ses assiettes en laiton et deux marmites. La partie supérieure du meuble lui arrivait au milieu de la poitrine, il y a déposé la lampe puis s'est approché du hamac près duquel se trouvait un autre caisson, plus petit, suspendu, que je n'avais pas vu.

Il ne contenait pas plus de cinq ou six livres, le vieux en a pris un, l'a emmené jusqu'au meuble réservé aux assiettes puis, lentement, avec cérémonie, il a sorti un objet d'un étui de toile, a soufflé dessus, l'a frotté et a regardé à travers. C'était une loupe. Le vieux a ouvert le livre, cherché une page et, debout, a commencé à lire.

Je suis descendu du hamac pour m'approcher des livres en tâchant de faire le moins de bruit possible. Il y avait là des romans de Paul Féval et d'autres d'Eduardo Zamacois. Des vieux bouquins, usés, humides. Des romans d'amour que je connaissais par leurs adaptations radiophoniques et que je n'avais jamais voulu lire.

Je n'avais pas ouvert un livre depuis quatre mois. Dans le village shuar, j'avais dans mon sac à dos *Les Veines ouvertes de l'Amérique latine* d'Eduardo Galeano, *Vingt poèmes d'amour et une chanson désespérée* de Pablo Neruda et *La Linares* de l'écrivain équatorien Iván Egüez mais, pendant tout ce temps, je ne leur avais pas accordé un regard, j'apprenais à lire la forêt.

Je lui ai demandé si je pouvais en prendre un et, sans abandonner sa lecture, il m'a répondu que les livres étaient faits pour être lus.

Au petit jour, l'orage s'était calmé mais il continuait à pleuvoir. Nous l'avons remercié pour son hospitalité et nous avons pris le chemin du retour en direction du Nangaritza.

Dans mon sac à dos, j'avais aussi un cahier et des stylos à bille. Dans ce cahier acheté à Quito, j'ai écrit : « Un vieux qui lisait des romans d'amour », simplement pour ne pas oublier, pour garder toujours vivante dans ma mémoire cette nuit passée dans un hamac tandis que l'orage fouettait l'Amazonie.

Trois mois plus tard j'ai quitté la forêt. Nushiño et deux autres Shuars m'ont accompagné jusqu'aux limites de leur territoire. Chaque fois que je suis en proie à la tristesse, je sens mon *compadre* poser sa main sur mon épaule et me dire que je peux revenir quand je veux car, même si je ne suis pas l'un des leurs, je suis comme eux. Alors ma tristesse s'envole.

Un camion de bois m'a emmené à Macas. Mes cheveux touchaient mes épaules et j'avais une barbe jusqu'au milieu de la poitrine. Avec le plus grand soin, j'ai déplié quelques Travellers chèques à demi décolorés par l'humidité, je les ai changés et, une demi-heure plus tard, je volais vers Guayaquil dans un petit avion.

À mon arrivée, j'ai commencé par aller chez un coiffeur du Parque Centenario, puis dans un restaurant où j'ai demandé ce dont j'avais le plus envie : douze œufs sur le plat et une bière fraîche, bien fraîche.

J'ai toujours voulu écrire, je ne savais pas encore quoi mais ce vieux qui nous avait hébergés et avait partagé avec nous tout ce qu'il possédait une nuit d'orage dans la forêt devait nécessairement en être le protagoniste. Je ne savais pas quoi écrire mais je n'étais pas pressé. En exil la seule chose qu'on ait, c'est du temps, beaucoup de temps.

De Guayaquil je suis allé à Quito et, de là, au Nicaragua pour me battre dans la Brigade internationale Simón Bolívar, la dernière brigade. Je me suis battu, j'ai vu mourir, certaines de mes balles ont peut-être fauché des vies, à la guerre on tue ou on meurt, et parfois, à l'occasion d'une pause entre les combats, je me suis souvenu du vieux, de Nushiño, des Shuars, et j'ai su qu'un jour j'écrirais quelque chose mais je ne savais toujours pas quoi.

En 1980, je suis arrivé en Europe. J'ai atterri à Hambourg, la vie a suivi son cours, je me suis marié, j'ai eu des enfants, j'ai été journaliste, j'ai écrit des récits, des poèmes, des articles, du théâtre, encore des récits, mais le vieux n'était dans aucun d'entre eux.

Parfois je regardais la carte du territoire amazonien, j'y cherchais le confluent du Yacuambi avec le Nangaritza et je suivais du doigt toutes les embouchures des fleuves de plus en plus grands qui se jetaient dans l'Amazone. J'ai gardé des Shuars l'habitude de réunir les miens à la tombée de la nuit pour nous raconter notre journée en l'embellissant, en l'enjolivant.

La vie a suivi son cours. Un jour conflue avec un autre. Nous ne sommes rien d'autre que ce flux.

Le vieux a commencé à me rendre visite dans mes rêves, il ne me parlait jamais mais faisait naître en moi beaucoup de questions : qu'est-ce que tu lis ? Pourquoi debout ? Qui t'a donné ces livres ? Et la loupe, d'où sort-elle ? Pourquoi sais-tu parler la langue des Shuars ?

En 1987, un ami qui appréciait mes récits m'a invité à participer à un projet alléchant. Il s'agissait d'écrire d'urgence le scénario d'un film au sujet on ne peut plus beau : pendant la Seconde Guerre mondiale un officier allemand, cultivé, furieusement antinazi, passionné de musique et joueur de flûte à bec, fait la connaissance d'un prisonnier croate, musicien et pianiste, qu'il admire. La musique crée entre eux une relation étrange, ils jouent ensemble chaque fois qu'ils le peuvent, mais un jour l'Allemand apprend que les nazis ont décidé de tuer plusieurs prisonniers et que le pianiste croate est sur la liste. Il décide de l'aider puis de déserter. Au moment de se séparer ils conviennent que, s'ils survivent, ils se chercheront quand la paix sera revenue et joueront ensemble une œuvre de Mozart pour flûte et piano. Trente ans plus tard ils se retrouvent et tiennent parole. Le tournage du film avait lieu à Mali Losinj, une île magnifique de la côte croate. Le gros de l'équipe avait pris des chambres à l'hôtel mais j'avais préféré loger dans une maison sans téléphone ni électricité, entourée d'un bois de conifères et pratiquement au-dessus de l'Adriatique.

J'écrivais la nuit et mon scénario était tourné dans la journée. Tout marchait comme sur des roulettes quand, à la moitié du tournage, le producteur eut un terrible contretemps familial. Il fallut tout arrêter.

J'ai décidé de rester deux semaines à Mali Losinj et de terminer le scénario.

Un après-midi, le ciel a tourné au gris, je l'ai vu comme une panse d'âne gonflée. Un vent chaud venant du sud s'est mis à souffler ; la foudre tombait tout près de la maison. J'ai allumé la cheminée et accroché le hamac du jardin à côté du feu pour savourer cet orage portes et fenêtres ouvertes.

J'écoutais la pluie en buvant de temps en temps une gorgée de *sliwowitz* et je me sentais heureux, là, à fumer tandis que la pluie tambourinait sur le toit et coulait à flot dans les chenaux.

C'est alors que le vieux est entré et a commencé à répondre à mes questions. Il était comme eux mais il n'était pas l'un des leurs. Comme moi en Argentine, en Uruguay, au Brésil, en Bolivie, en Équateur, en Colombie, au Nicaragua, en Allemagne. Le vieux était un exilé et il s'est mis à me raconter mon propre exil.

Les exilés sont comme les loups, partout où nous allons, nous rejoignons des meutes qui ne sont pas les nôtres ; nous participons, nous chassons ensemble et pourtant la lune nous invite à nous mettre à l'écart pour hurler de solitude.

Nous nous faisons des amis, nous créons des univers émotionnels pour embellir la mémoire immédiate quand arrive l'heure inévitable de raconter sa journée.

Au début de mon exil, ai-je dit au vieux, j'ai pris un jour un taxi à l'aéroport de Buenos Aires et j'ai demandé au chauffeur le prix de la course pour se rendre dans le centre-ville. L'homme a voulu des précisions. Jusqu'à l'Obélisque, lui ai-je dit. Vingt dollars, m'a-t-il alors répondu. Je n'avais pour toute fortune qu'un billet de dix, crasseux et froissé. Il a accepté de me conduire pour ce prix-là et, une fois près de l'imposante verticale de l'Obélisque, je lui ai donné l'argent. Le chauffeur de taxi a alors pris une poignée de billets dans une boîte de havanes et me les a tendus en disant : prends soin de toi, mon frère.

Cet homme est mon ami, je ne connais pas son nom mais c'est mon frère et, où que j'aille, j'évoque sa noblesse. Une autre fois, à Islandia, à Tres Fontreras, près de l'Amazone, j'ai vu un dentiste ambulant arracher, sans anesthésie, toutes les dents d'un chercheur d'or bien décidé à gagner un pari sanglant. Pendant quelques secondes, ses yeux ont rencontré les miens et j'ai su que ce dentiste était mon ami et il sera aussi le tien quand je raconterai son histoire, quand j'écrirai ce roman d'amour que tu liras, j'espère, debout dans ta hutte au bord du fleuve.

Le lendemain le temps était radieux, le parfum de la terre mouillée imprégnait toute chose. J'ai préparé un grand pot de café, j'ai posé sur une table ma noble Olivetti, une ramette de feuilles de papier, sous un cerisier, et j'ai commencé à écrire mon premier roman.

Le roman de mon ami, un vieux qui lisait des romans d'amour.

Le véritable auteur de Tarzan

Je remercierai toute ma vie Correntes d'escrita, un formidable festival littéraire qui se déroule en février à Póvoa de Varzim, au Portugal, car il m'a permis de connaître de merveilleux romanciers et romancières du Mozambique, de l'Angola et du Cap-Vert. Avant de me rendre pour la première fois à Póvoa, j'étais passé à côté de cette grande littérature que sont les livres de Germano Almeida, Manuel Rui, Ondjaki et Nelson Saúte.

Avec ce dernier, nous avons un jour visité une école de Póvoa de Varzim sans savoir de quoi parler aux élèves. Pour trouver un sujet, j'ai commencé par dire que j'étais très content car la chemise que je portais était un cadeau de Nelson et venait directement d'Angola. Cette superbe chemise éclatait d'africanité et cela a permis à Nelson de raconter une aventure dans la savane avec attaque de pygmées féroces, missionnaires rendus fous par des fièvres apocalyptiques, luttes avec des lions affamés et pleins d'indignation envers la Metro Goldwyn Mayer, combats contre des éléphants à la moralité douteuse, rixes avec des gorilles aux pratiques sexuelles confuses, jusqu'au moment où, arrivé à l'endroit où se vendaient ces chemises, il en a acheté une puis est revenu sur ses pas en vivant des aventures pires encore.

Je l'ai écouté, aussi hypnotisé et perplexe que les élèves de cette école, et j'en ai conclu que l'auteur de Tarzan n'était pas Edgar Rice Burroughs mais Nelson Saúte, ce grand écrivain qui m'achète des chemises en Angola.

Alchimie de la lumière, du respect et du miracle

Par la Vía Cassia qui relie Sienne à Rome en traversant l'extraordinaire beauté de la Toscane des millions de voyageurs sont passés et chacun d'eux y a laissé quelque chose, un regard fatigué sur une vieille terre qu'on a si souvent retournée pour l'oxygéner et permettre à l'air d'y engendrer l'abondance, un témoignage de guerriers harassés sur des pierres laissées par d'autres guerriers victorieux ou vaincus – c'est toujours la même chose –, une jarre en terre cuite encore pleine d'effluves de vin, une épée enfin émoussée, des restes de livres amputés, de poètes s'inclinant devant la grandeur de l'indicible jusqu'au jour où quelqu'un, qui ?, quand ?, laisse au bord de la route un fauteuil pour que Daniel Mordzinski le voie et aussitôt, grâce à la vision festive que permet l'objectif de son appareil, transforme ce virage entre Bagni San Filippo et les anciennes mines de mercure en un balcon pour regarder calmement la vie.

La relation entre la vie et Daniel Mordzinski n'a presque rien à voir avec les réalités d'ici-bas, car il est impossible de trouver logique le fait de frapper à une porte dans la lointaine Patagonie, de voir une vieille dame, doña Delia Cossio, l'ouvrir et de l'entendre s'écrier : « Quelle chance que vous soyez là, jeunes gens, car je suis seule et j'ai aujourd'hui quatre-vingt-seize ans. » Daniel ignorait sa présence mais elle l'attendait comme on attend des amis qu'on ne connaît pas encore, qui vont arriver, qui arrivent toujours. Et, après avoir passé deux heures à fêter cela avec elle, sous les assauts du plus cruel des vents, son visage sillonné par les plus belles traces du travail et des rêves qui, même brisés, n'en sont pas moins glorieux, est resté dans le ventre du Leica, ce territoire obscur et fécond que lui seul connaît et régente.

Je l'ai vu un jour photographier un gaucho d'âge indéfinissable, de taille imprécise et de couleur caméléonesque sous la lumière de la steppe. Suivant les règles du respect et de l'éthique qui différencient l'artiste, le photographe, du voleur d'images, Daniel Mordzinski a utilisé un polaroïd et, dans le plus grand silence, nous avons attendu que la lumière fasse son travail, qu'apparaissent les premières taches, les contours, jusqu'au moment où s'est dessinée, tout entière, l'image d'un centaure. Cet homme, ce cavalier, cet habitant des intempéries, ce seigneur des vents, ne s'était jamais vu ainsi et la première chose qu'il a reconnue, c'est son cheval, jusqu'à ce qu'un de ses compagnons s'approche de lui et lui dise : « C'est toi, mon vieux, c'est toi ! »

Le gaucho est resté perplexe, et Daniel encore plus. Le premier, sous l'effet de l'émotion, Daniel, sous celui du respect. Il a donc rangé ses appareils et, qui sait ?, a peut-être raté le Pulitzer mais gagné l'estime de ces hommes : ils l'ont emmené jusqu'aux braises où doraient des moutons et, après avoir mangé, bu, ri, parlé de tout et de rien, ils lui ont dit que, s'il voulait faire des photos, il fallait leur laisser le temps de se préparer car on donne toujours aux amis ce qu'on a de mieux.

Dans un hameau du Tyrol l'attendait Franz Tahler, un héros nonagénaire, survivant d'Auschwitz, antifasciste d'hier, d'aujourd'hui et de toujours qui gagne sa vie en gravant de jolies miniatures en métal. Assurément, les photographies de cet homme se devaient d'être épiques à la lumière de ce qu'il racontait avec une humilité totale : il avait fait ce qu'il fallait faire au moment où il le fallait. L'appareil de Daniel s'est fixé sur les mains de cet homme juste car là se trouvait l'essentiel de son histoire et aussi sur le poêle à bois qui chauffait la petite maison tyrolienne, diffusant une chaleur nécessaire et généreuse.

Je n'ai jamais connu de photographe aussi respectueux que Daniel Mordzinski. Il possède le don étrange de se rendre invisible, transparent, presque désincarné, jusqu'au moment où quelqu'un demande : « Où est Daniel ? » Il apparaît alors derrière un sourire avant de dire : « J'ai une idée », et nous ramène aux temps heureux des jeux, nous jouons avec lui à embrasser un poisson, à nous asseoir dans un fauteuil au beau milieu d'une route, à nous perdre dans une mer de moutons, à grimper jusqu'aux nuages s'il nous le demande ou encore à fixer tout ce que nous avons été dans un seul geste.

Daniel Mordzinski est un homme que les histoires qui veulent être photographiées attendent car elles savent que son appareil est une autre façon de raconter. Dans les forêts de Cayenne j'ai été témoin, une fois de plus, des histoires qui l'attendaient parmi les lianes et les caïmans, dans l'ombre de la végétation infinie et la lumière des hôtels sans autre mobilier qu'une paire de crochets pour suspendre les hamacs. Et, au milieu de tout cela, quelqu'un, une femme étrange et solitaire, lui ouvre la porte de sa maison sans portes.

Inutile d'ajouter qu'il est mon ami, mon frère, mais je suis heureux et fier de le dire.

…19 juillet 1979…

Il y a trente ans je n'avais pas encore trente ans. Un uniforme élimé, vert olive, acheté dans un surplus militaire de Panama, un fusil Garand ayant appartenu à la garde nationale de Somoza, deux chargeurs pleins composaient tout mon patrimoine et, dans mon sac à dos, mon bien le plus précieux était un exemplaire de l'*Antología rota* de León Felipe.

Il y a trente ans, le 19 juillet 1979, j'étais à Managua avec une poignée de combattants de la Brigade internationale Simón Bolívar aux côtés de nombreux *compas*[1] de la MILPA, la Milice populaire antisomoziste dirigée par le commandant Edén Pastora, chef militaire du Front sud.

La veille, avec les autres survivants de la brigade, nous nous étions réunis dans une maison du kilomètre 12, sur la route de Masaya, simplement pour nous donner l'accolade, compter nos morts en serrant les dents et décider de tirer nos dernières cartouches pour nous ouvrir la route vers

1. Diminutif de *compañero* : camarade.

Managua et permettre aux combattants du Front sandiniste d'entrer enfin dans la capitale et de commencer dans la joie à essayer de changer en mieux ce beau et courageux pays.

La Simón Bolívar a été la dernière brigade internationale dans l'histoire des luttes de libération sur le continent américain. Argentins, Uruguayens, Chiliens, Péruviens, Boliviens, Paraguayens, Vénézuéliens, Colombiens, Italiens, un Suisse et deux Allemandes avaient rejoint ce contingent pour répondre à l'appel d'Hugo Spadafora et, dans le golfe de Darién, dans une garnison des Macho Monte, les forces d'élite du général Omar Torrijos avaient reçu les instructions générales pour déclencher le combat.

La plupart d'entre nous, surtout les Latino-Américains, sommes entrés au Nicaragua pour compenser les défaites subies dans nos pays respectifs. Nous venions mourir sur le sol nicaraguayen, nous savions tous qu'une balle était déjà probablement gravée à notre nom et que la guerre, débarrassée de tout romantisme absurde, était définitivement maudite, comme un mal nécessaire.

La brigade internationale Simón Bolívar s'est battue sur le Front sud, au nord, pour entrer par Somoto et, sur la côte Atlantique, avec les combattants noirs de Bluefields qui nous ont rejoints avec enthousiasme.

Trente ans ont passé depuis ce 19 juillet 1979 et le plus beau souvenir qui me revient en mémoire est celui d'un vieux combattant nicaraguayen, un *compa* de la MILPA avec lequel, tout près du théâtre

Rubén Darío, j'ai partagé une flasque de rhum en fin d'après-midi, ce jour-là.

– Comment tu te sens, *compita* du Sud ? m'a-t-il demandé tandis que nous regardions le portrait de Sandino que des mains de guérilléros hissaient sur la façade du théâtre.

– Très bien, *compa*, et toi ?

– Je suis heureux. J'ai l'impression que mes mains ont touché le ciel aujourd'hui.

Oui, j'ai moi aussi touché le ciel ce jour-là.

Trente ans ont passé, plus rien n'est pareil et, pour parodier Neruda, *nous ne sommes plus ceux que nous étions*. On m'a invité à aller au Nicaragua pour participer aux cérémonies du souvenir. J'aime ce pays mais je n'apprécie pas que le vice-président soit un criminel, ancien chef des Contras qui, suivant les ordres de Ronald Reagan, a violé toutes les conventions de guerre et assassiné, torturé, violé, persécuté des milliers de Nicaraguayens.

Mais mon vieux cœur rouge et noir célèbre aujourd'hui le 19 juillet : je noue autour de mon cou le seul objet qui me reste de cette époque, un foulard de la brigade internationale Simón Bolívar sur lequel, avec nos camarades, hommes et femmes, nous avons écrit nos noms, et je marche dans les rues de Gijón en fredonnant : *aujourd'hui l'aube a cessé d'être une tentation / demain un nouveau soleil brillera sur un nouveau jour / il illuminera toute la terre que martyrs et héros nous ont léguée / avec des fleuves généreux de lait et de miel...*

L'avenue Gaspar García Laviana traverse plusieurs quartiers ouvriers de Gijón. Ici, personne ne sait qu'on est le 19 juillet et que Gaspar, le prêtre sandiniste – le commandant Martín dans la mémoire des combattants d'Amérique latine – n'aura jamais vu ce crépuscule lumineux où, de nos mains noires de poudre, nous avons touché le ciel. Et pourtant il était là, dans les slogans qui répétaient la liste infinie des morts au combat.

Tout près de l'avenida Constitución je lis sur une plaque : avenida Gaspar García Laviana. À Gijón, c'est l'été, c'est dimanche, les gens vont à la plage, dans les guinguettes, se promènent au bord de la mer et c'est bien qu'il en soit ainsi car la vie est belle et intense ; c'est pourquoi personne ne se sent gêné, surpris ou offensé de voir un homme qui aura bientôt soixante ans lever le poing et dire : « Salut commandant Martín, ce fut un honneur de me battre à tes côtés ! »

Observations sur l'intellectualité

Mon ami Miguel Rojo n'est pas seulement un type formidable chez qui on mange le meilleur agneau d'Espagne, c'est aussi un écrivain doué d'un talent inégalable pour surprendre l'intellectualité.

À une certaine occasion, il assista à un cycle de conférences au cours desquelles un groupe d'écrivains, qui préféraient se définir comme des intellectuels, décrivaient en détail les belles et puissantes raisons qui les avaient amenés, pour le meilleur et pour le pire, à la littérature – eux préféraient dire « à l'intellectualité ». Tous sans exception parlaient de la formidable bibliothèque de leur maison paternelle et racontaient leurs aventures de lecteurs précoces qui, avant même d'aller à l'école, possédaient une connaissance assez approfondie des classiques – Cervantès, Shakespeare, Molière –, leurs amis d'enfance ou leurs « petits camarades », comme ils les appelaient.

Mon ami Miguel, qui avait passé une enfance à peu près normale dans un hameau des Asturies à se baigner dans la rivière, à lancer des cailloux sur le clocher de l'église, à chasser des lézards ou à glisser un œil sous les jupes des filles quand elles passaient sur le vieux pont de pierre, les écoutait dans le plus grand silence. Quand vint son tour de dire quand, comment et pourquoi il avait été attiré par la littérature, il soupira, leva les yeux au ciel, plissa le front dans un exercice facial et musculaire interprété par les intellectuels présents comme le début d'un voyage aux racines de la connaissance.

– Comme vous le savez tous, commença-t-il, je suis né et j'ai grandi dans un lieu paisible et bucolique marqué par des aubes très froides et des crépuscules que les vaches annonçaient en rentrant tranquillement des champs.

« Mon père, ma mère, mes frères, mes grands-parents, quelques cousins peu enclins à dormir à la belle étoile et huit vaches se partageaient la maison. Dans cette bâtisse typiquement asturienne, nous occupions le premier étage et les bêtes le rez-de-chaussée, une répartition acceptée par tous comme une chose naturelle.

« Le soir, la porte à peine refermée, des mains diligentes allumaient une lampe à pétrole et chacun se retirait dans son coin préféré pour se consacrer à la lecture. Mon grand-père était un fanatique d'Ovide, par contre ma grand-mère manifestait un amour démesuré pour l'œuvre d'Hölderlin, de Novalis et autres romantiques allemands ; mon père jurait car, après avoir lu tous les auteurs du siècle d'or, il trouvait les écrivains modernistes dépourvus d'intérêt ; ma mère, francophile, déclarait que Flaubert était l'écrivain le plus proche de la perfection littéraire ; les cousins, amateurs de littérature picaresque, se lisaient entre eux *Rinconete et Cortadillo* ou le *Lazarillo de Tormes*, ce qui occasionnait de brèves altercations quand ils élevaient la voix sans nécessité ; mes frères, âgés respectivement de six, sept et huit ans, s'obstinaient à lire les auteurs du Nouveau Roman : Nathalie Sarraute, Michel Butor et Alain Robbe-Grillet passaient entre leurs mains avides portant encore les traces de l'omelette du dîner, et les vaches admiraient résolument Rilke. C'est ce qu'elles nous faisaient comprendre par leurs mugissements approbateurs pendant la traite.

« Les heures nocturnes passaient ainsi. Dehors, il pleuvait, neigeait, les loups hurlaient et, à l'intérieur de la maison, la famille s'adonnait au plaisir de la lecture dans un silence jugé suspect par de nombreux voisins. Au petit jour, chacun rangeait ses livres dans un meuble fermé, quelqu'un demandait à quoi cela pouvait servir d'avoir des lits et toute la famille se consacrait aux travaux des champs, sauf mon père qui parcourait allègrement à pied huit kilomètres pour se rendre à la garde civile où il se consacrait à la routine répressive du franquisme et de l'Église.

« Il y avait là trois autres gardes civils, rigoureusement vêtus de gris et coiffés de tricornes resplendissants. Ils se saluaient, se rinçaient le gosier avec une bonne rasade d'Anis del Mono avant de se diriger vers le coin de l'armurerie où, au milieu des fusils et des pistolets, étaient rangés par ordre alphabétique leurs auteurs préférés, existentialistes pour la plupart.

« Parfois l'un d'eux quittait la caserne et revenait

avec un prisonnier accusé d'avoir volé une vache. Aussitôt un autre garde civil, lecteur acharné de Kierkegaard, lui foutait deux claques en le tançant vertement pour ne pas avoir compris qu'il pouvait être attiré par une vache et la considérer comme unique mais que, pour la vache, il n'était qu'un homme parmi tant d'autres, dépourvu d'individualité. Puis un autre garde civil donnait une autre claque au prisonnier et lui expliquait que, selon une compréhension pertinente du *Dasein* de Heidegger, il n'aurait pas dû accepter d'être arrêté, sa faute n'ayant existé qu'au moment où il avait volé la vache, ni avant ni après. L'homme chargé de lui donner la troisième claque était un garde civil andalou, fanatique de Camus ; tout en l'appelant "le jumeau de Meursault", il réussissait pratiquement à le convaincre qu'en réalité, cette gifle et toutes les autres ne lui faisaient pas mal car elles étaient destinées à son visage bien avant son existence, par conséquent il était né avec cette douleur. Quant à mon père, fervent admirateur de Sartre, il lui rendait la liberté après lui avoir balancé deux coups de pied en faisant observer aux autres que si une marque bien visible sur la cuisse de la vache individualisait son propriétaire, il n'en était pas moins vrai que chaque homme interprétait les signes à sa manière.

« Ils finissaient généralement leur service en discutant âprement des limites du fini et de l'infini dans l'œuvre de Hegel, s'envoyaient une autre rasade d'Anis del Mono, raccrochaient leurs tricornes et décidaient que la journée de travail était finie. »

Quand mon ami Miguel Rojo termina son intervention au milieu de l'intellectualité plongée dans un épais silence, « Ton hameau est l'Athènes des Asturies », dit l'un, « Ainsi donc, la connaissance rupestre existe », fit remarquer un autre.

Et mon ami Miguel se retira en pensant qu'il était facile de rendre les intellectuels heureux.

Première parution, *La Montagne*

Écoute, Chili…
Katia Olevskaïa est morte

La voix de Katia Olevskaïa était la voix d'un ange laïc qui, sur les ondes de radio Moscou, nous dispensait des doses d'espoir pendant les années les plus dures et les plus obscures de l'histoire du Chili. Katia est partie, loin de sa patrie soviétique qui n'existe plus, pour un exil au goût de défaite, comme tous les exils, sous un ciel très éloigné des crépuscules nuageux de Moscou pendant lesquels sa voix s'enflammait peu à peu pour parvenir au salut rayonnant si apprécié par ceux et celles qui attendaient la bouffée de chaleur nécessaire de son « Écoute, Chili ».

Au temps de la peur, quand les chiens occupaient les rues du Chili, quelqu'un allumait une radio, cherchait la fréquence sur les ondes courtes, baissait le son et les camarades se réunissaient autour du récepteur pour résister car la résistance à la dictature s'est forgée pendant de froids après-midis, des nuits trop longues, en exerçant le droit élémentaire de la clandestinité qui consistait à s'informer, à connaître le nom et le nombre de morts ou de disparus. Mais cette forme de résistance, de clandestinité à voix basse, nous apportait également la certitude de ne pas être seuls au milieu de l'horreur, et la voix de Katia annonçant « Écoute, Chili » était le seul espoir qui nous parvenait.

Nous attendions sa voix d'ange laïc au Chili et dans nos pays d'accueil. Comme tous les anges, Katia était pure et naïve, une sorte de personnage de roman parmi les meilleurs d'un temps dont il reste à peine des souvenirs car la formidable idée du Soviet, de la patrie soviétique, du pays des ouvriers, des paysans, des étudiants et des soldats s'est délitée sans faire de vagues et sans que ceux qui croyaient fermement à cette utopie – les anges comme Katia – puissent l'empêcher.

Katia, c'était la solidarité à l'état pur, l'investissement total avec la poésie de la lutte pour unique raison. Katia, c'était le *Poème pédagogique* de Makarenko, la fiancée invisible des komsomols de *Et l'acier fut trempé*, l'emblème don quichottesque du valeureux soldat Tchapaïev, la tendresse féroce de *La Mère* de Gorki. Katia, c'était tout ce qui était condamné à disparaître à cause de son envergure.

Quand l'Union soviétique s'est effondrée et que les autres pays du socialisme réel, comme on l'appelait, se sont livrés à la brutalité mafieuse du capitalisme dans sa pire expression, la phase sans morale de l'accumulation primitive, tout ce que Katia représentait est devenu obsolète, immoral, méprisable, et elle a vu la misère morale s'emparer de tout ce qui, un jour, avait eu un sens lié à la dignité humaine.

Sa voix qui nous invitait « Écoute, Chili » s'est éteinte et peut-être ne reste-t-il aucune trace de ces programmes destinés à ceux qui souffraient et pour qui cette voix représentait le seul espoir venu du vaste monde.

Je l'ai rencontrée à Moscou peu avant son départ en Israël, son exil final. En faisant quelques pas dans un Moscou hivernal, nous avons vu des vieillards transis de froid vendre leurs décorations de héros de l'Union soviétique. Je n'oublierai jamais la vieille dame qui proposait une série de photos de la Seconde Guerre mondiale, celles des Roses de Stalingrad, une escadrille de femmes pilotes dont les avions représentaient le pire des cauchemars pour les nazis. Les clichés montraient ces belles jeunes filles soviétiques et la vieille dame qui les vendait était l'une d'entre elles. Katia m'a jeté un regard bleu de tristesse, j'ai pressé sa main et nous avons pris le large dans cette mer de vaincus.

Katia aurait dû recevoir la plus grande preuve de reconnaissance de la part des Chiliens mais cela n'a pas été le cas. Ses proches amis, Virginia Vidal, José Miguel Varas, Cristina de Largo, n'ont pas failli et lui ont prodigué tout l'amour solidaire possible. Mais le pays, bien décidé à oublier l'épopée et à se construire sans mémoire, n'a pas été à la hauteur.

Katia Olevskaïa est morte dans un pays lointain, sous d'autres cieux, car c'est ainsi que s'éteignent les anges soviétiques et laïcs.

Écoute, Chili, allume un vieux poste de radio, cherche sur les ondes courtes, réunis les tiens pour un acte nécessaire de résistance et de souvenir. Le silence de l'éther te dira que la douce voix de Katia s'en est allée pour toujours.

Qui êtes-vous ?

Quand je dis « Moi aussi je suis journaliste », je le fais avec beaucoup d'humilité car il me revient en mémoire une vaste galerie de photographies où se trouvent les visages de Juan Pablo Cárdenas, un grand journaliste et, de ce fait, otage personnel de Pinochet, de Pepe Carrasco assassiné par Pinochet pour cette même raison, de Rodolfo Walsh, écrivain et grand journaliste, assassiné par la dictature argentine, de José Luis Lopéz de la Calle, grand journaliste assassiné par l'ETA. À ceux-ci viennent s'ajouter d'autres illustres collègues de la corporation rencontrés sur mon chemin, c'est pourquoi, quand je dis « Moi aussi je suis journaliste », je le dis avec fierté mais ma fierté est de courte durée car la profession est en pleine décadence.

Il y a quelques années, j'ai eu l'occasion d'accompagner Ryszard Kapuściński, le Maître des maîtres, quand il a reçu le prix Prince des Asturies, pour la communication. Nous marchions dans Oviedo et Kapuściński m'avouait combien il était paniqué chaque fois qu'on l'interviewait. J'ai voulu savoir s'il s'agissait du syndrome de l'intervieweur interviewé ou d'un cas de simple timidité mais il m'a suggéré d'abandonner le sujet et de chercher un endroit où on servait du bon café.

Nous étions installés en terrasse quand une jeune fille s'est approchée ; elle était très jeune, assez jolie, et s'est présentée comme étant journaliste d'une chaîne de télévision. Elle a sollicité un bref entretien, « Deux minutes, c'est juste pour la télévision », a-t-elle dit avant de sortir un petit miroir et de retoucher son maquillage pendant que ses collègues plaçaient la caméra et préparaient les micros destinés à l'interviewé.

– Qui est la personne importante ? a demandé le technicien.

Sa question a interrompu les travaux d'embellissement de la journaliste. C'était sans doute une bonne question car, fidèle à ce qu'elle avait appris dans son école de journalisme, elle nous a regardés tous les deux, pour essayer peut-être de découvrir l'expérience, les années de cirque ou se rappeler les photos aperçues à la hâte sur Google, finalement elle a jeté un coup d'œil sur le programme de la réception pour y chercher de l'aide.

– Qui est le lauréat ? a-t-elle demandé, et Ryszard Kapuściński a alors tendu vers moi un doigt accusateur.

Je les ai laissés me placer les micros, les doigts du caméraman ont indiqué quatre, trois, deux, un, et la journaliste a commencé l'interview, courte, de toute façon c'était juste pour la télé.

– Qui êtes-vous et pourquoi allez-vous recevoir ce prix ?

Une double question mérite une réponse réfléchie, je me suis donc présenté comme un écrivain lituanien, auteur d'un roman dont j'ai fait le résumé : un homme est victime de nombreuses trahisons, il est arrêté, passe des années en prison, s'en évade, et comme il n'a rien oublié ni pardonné à ceux qui l'ont offensé, il consacre sa vie à la vengeance.

La jeune journaliste a pris congé, pas une minute elle ne s'est souciée du regard médusé de Kapuściński et cette interview a très probablement été regardée par un bon nombre de gens qui ont le droit d'être informés de façon responsable. Mais ce droit est mis en danger car, à cause de la précarité dans laquelle est tombé le journalisme, personne n'est responsable de ce qui s'écrit, se dit ou se diffuse, à quelques rares exceptions près, celle des journaux faits par de vrais journalistes qui, avec une droiture absolue, assistent aux funérailles d'une profession aussi belle que nécessaire.

Quand je dis « Moi aussi je suis journaliste », j'ai souvent l'impression de crier « Et je suis aussi le dernier des Mohicans », ceux qui sentent l'encre et le tabac, qui se brûlent les yeux en se documentant ; bien sûr, nous recevions un salaire décent, nous étions syndiqués et ne dépendions pas des salaires de misère qu'on verse aux stagiaires.

Oui, c'est l'avis d'un vétéran, je le sais, mais d'un vétéran qui aime encore son métier précisément parce qu'il a connu et connaît d'autres vétérans plus attachés à maintenir la qualité de l'information que l'asepsie des salles de rédaction modernes.

Il y a deux mois, mon dernier roman a obtenu

un prix littéraire important ; j'ai dû naturellement accorder de nombreuses interviews et, je le dis tristement, beaucoup d'entre elles commençaient par ce « Qui êtes-vous ? » auquel je répondais patiemment.

« De quoi parle votre roman ? » fait également partie des questions inévitables. Si je répondais : c'est l'histoire d'un monsieur qui, à force de lire, s'est pris pour un chevalier errant et a confondu les moulins à vent avec des géants, plus d'un journaliste, j'en suis sûr, publierait cette réponse qui, plus qu'un hommage à Cervantès, est une larme que je verse sur la culture méprisée.

Je suis aussi journaliste, dis-je, et je me sens pareil à don Quichotte de la Manche, finalement vaincu, regardant l'ignorance danser joyeusement dans la cour de sa maison autour du bûcher où flambent ses livres.

Première parution, *La Montagne*

Tá

Tá, dit-on en Uruguay quand on veut marquer avec insistance son approbation, et *Tá* a répondu Mario Benedetti quand la décence a demandé s'il fallait tout tenter pour les pauvres, les faibles, les damnés de la terre, ceux qui n'avaient pas droit à la joie, ceux qui rêvaient d'une vie juste, de lendemains moins insensés.

Tá, a répondu Mario Benedetti quand la vie elle-même a demandé s'il fallait prendre parti et être la voix de ceux qui pourrissaient dans une prison tristement appelée « Libertad ». Pendant quinze ans le dramaturge Mauricio Rosencof et le poète Carlos Liscano, parmi tant d'autres, ont été internés là-bas mais pendant tout ce temps Mario Benedetti a rappelé leurs noms et, où qu'il se trouvât, ses premiers mots étaient pour exiger la libération de ses compagnons.

Les poètes, on les aime et on les admire. Les hommes comme Mario Benedetti, on leur demande simplement : « Et si on allait se mettre à jour avec la vie dans la gargote numéro 2 du marché de l'abondance ? », et le *tá* de sa réponse était le début d'une grande fête où se mêlaient souvenirs, vin rosé et inquiétude, car Mario s'inquiétait pour tout le monde et, tandis que quelqu'un lui parlait de « ce jeune encore en prison à Lima », ses yeux suivaient les mouvements d'une petite vendeuse de jasmin.

Je n'ai jamais connu d'homme aussi simple, aussi généreux, aussi solidaire et qui, comme dit le poème de César Vallejo, semblait vivre pour représenter tout le monde. Les hommes comme Mario Benedetti, on chante pour eux sans se soucier de la rime, on les rencontre dans les quartiers populaires, dans les gargotes fréquentées par des étrangers, dans le fracas des combats les plus justes, sur les pancartes avec des fautes d'orthographe mais aux revendications parfaitement fondées, chez les étudiants qui, derrière les barricades, prennent la main de leur fiancée et découvrent alors qu'ils ne sont pas seuls. Quelle que soit leur langue, leurs cœurs battent au rythme uruguayen, ils deviennent *la flor de la banda oriental* et se regardent dans les yeux avant la charge répressive pour dire : *si je t'aime c'est parce que tu es / mon amour, ma complice / et dans la rue, coude à coude / nous sommes beaucoup plus que deux.*

Jamais un poète n'a rempli les stades de football comme Mario Benedetti. Aucun autre homme n'entrerait dans un bar et, à la question : « Qu'est-ce que vous voulez boire ? », répondrait : « Un petit verre, ce que vous avez de plus ordinaire. » Aucun autre écrivain ne nous réunirait pour nous inciter à ne pas perdre le cap et la joie dans les pires moments de doute et de désillusion : « Un bourreau ne se rachète pas en se suicidant mais c'est mieux que rien. »

J'enrage en écrivant ces lignes car je sais que la vie ne sera plus jamais la même sans Mario Benedetti. Ce matin le téléphone a sonné de très bonne heure. C'était un autre Mario, l'écrivain Mario Delgado Aparaín, El Negro, grand ami de Benedetti, qui m'a annoncé simplement : « Marito nous a quittés. Avec les copains, on boit du maté en parlant de toi car Mario adorait qu'on parle de toi. »

Je sais que Benedetti n'aimait pas les hommages, mais certains lui faisaient plaisir, comme quand il nous invitait à boire quelques matés et qu'on lui apportait de bons gros beignets pour les accompagner. Pour les autres, il se défilait en montrant sa carte de militant timide ou en s'écriant : « Laissez tomber ces conneries. » Pendant que j'écris ces lignes qui ne sont pas un hommage, je sais que Montevideo ne sera plus la même quand j'y retournerai, qu'à Madrid les promenades à travers le Retiro près d'un Mario Benedetti émerveillé par les marionnettistes me manqueront, qu'au café Rossi, à Rome, une chaise restera inoccupée et que je devrai supporter seul l'éternel retard des camarades du *Manifesto*, qu'un vide infini ouvre sa gueule béante et que je rejoins la foule des hommes et des femmes pour pleurer avec eux en serrant une pile de livres.

Mais la main de Mario Benedetti secouera mon épaule et il faudra sortir dans la rue, « *pour défendre la joie comme on défend une tranchée* ».

Tá, Mario, *tá*.

Le jour où Indiana Jones n'est pas arrivé à la gare Montparnasse

Dix-sept ans ont passé depuis ce moment où je sortais d'une maladie qui avait failli : a) m'envoyer *ad patres* ou b) me clouer dans un fauteuil roulant.

Quand j'étais l'hôte de la prison de Temuco, au Chili, j'avais contracté la tuberculose, une maladie très littéraire, mais comme j'étais un type robuste je n'avais manifesté aucun symptôme, jusqu'à ce que, des années plus tard, elle se transforme en une tuberculose osseuse qui dévorait ma colonne vertébrale.

À l'hôpital où je me remettais lentement, ma plus grande occupation consistait à jouer aux cartes avec mes trois fils, nés en Allemagne, et quand j'étais seul je regardais les lumières du port depuis mon lit et je me disais que la vie était encore très belle. J'aimais Hambourg, j'avais une famille et de plus j'avais écrit mon premier roman, *Le Vieux qui lisait des romans d'amour*, livre qui était arrivé jusqu'à une éditrice française disposée à le publier.

Un jour de printemps j'ai quitté l'hôpital. Je marchais en m'aidant de deux cannes et mon dos était maintenu par un corset d'acier qui me donnait un air de Frankenstein prétentieux. Les médecins m'avaient interdit de voyager, de soulever des poids, de me pencher, et je devais toujours rester à proximité d'un hôpital en cas d'urgence. C'est alors qu'arriva une lettre d'Anne-Marie Métailié qui m'invitait au festival Étonnants Voyageurs de Saint-Malo pour présenter la version française de mon roman.

Quand j'ai annoncé au bon docteur Schönberg ma décision d'aller à Paris et de là en Bretagne, le dialogue entre le médecin et son patient s'est transformé en un chapelet d'insultes mutuelles, qui n'ont cependant pas affecté notre amitié.

Pendant le vol de Hambourg à Paris, je me demandais à quoi ressemblerait mon éditrice, je n'avais jamais vu de photo d'elle et dans mon imagination de type à peine remis d'une tuberculose, une éditrice était nécessairement une dame grassouillette à lunettes et, je ne m'explique toujours pas pourquoi, dégageant une indéniable odeur de café. Une éditrice, selon ma perception, devait toujours être assise derrière une montagne de manuscrits, et dans le cas d'une éditrice française mon imaginaire indiquait qu'il devait nécessairement y avoir dans son bureau une photo dédicacée d'Hemingway, et qu'au fil du temps elle m'avouerait une histoire d'amour secrète avec le grand écrivain.

Comme tous les écrivains – ceux qui le nient sont des hypocrites –, je rêvais de voir mes livres traduits en français et publiés en France. Je rêvais beaucoup aussi, avec une préoccupation récurrente, au nom de mon éditeur, ou éditrice, et à celui de la maison d'édition. Entre autres projets de vie je prévoyais de refuser systématiquement la publication de mes livres dans des maisons d'édition portant des noms peu littéraires : Éditions de la Grenouille, La Plume de sang et des choses dans ce genre. En réalité le nom d'Anne-Marie Métailié me paraissait chantant, mystérieux, très littéraire, et celui de la maison, Éditions Métailié, me donnait un frisson de satisfaction chaque fois que je le prononçais.

Peu avant l'atterrissage à Paris j'avais décidé que mon éditrice devait être une femme très fortunée habitant une belle maison entourée de brume près de la mer. Peut-être l'héritière de quelque famille noble qui sacrifiait sa fortune au mécénat littéraire.

À l'hôtel j'ai rencontré des gens que je connaissais de nom : les Mexicains Eraclio Zepeda et José Agustín. Quand je me suis approché d'eux, appuyé sur mes cannes, raide comme un poteau télégraphique, et que je me suis présenté, j'ai remarqué qu'ils m'observaient avec un trouble impossible à dissimuler.

J'ai bu avec eux mon premier verre de vin depuis sept mois et, me sentant en confiance, je leur ai demandé ce qui avait bien pu les déconcerter.

Ils m'ont répondu qu'un type avec une vie agitée comme la mienne, qui avait été guérilléro, marin, qui avait pratiqué plusieurs autres disciplines en conflit ouvert avec la littérature, devait forcément ressembler à Indiana Jones, et pas à un vétéran prématurément déglingué.

Le lendemain j'avais rendez-vous avec Anne-Marie Métailié. Nous devions nous rencontrer directement sur le quai du train pour la Bretagne. Je marchais avec mes cannes en cherchant une dame avec un indéfinissable aspect d'éditrice et j'espérais que, si elle attendait Indiana Jones, mon aspect ne la décevrait pas.

Soudain j'ai vu une très belle femme, aux yeux verts intenses, habillée d'une façon qui m'a mis à l'aise car son allure invitait aux barricades. Elle portait un blouson en cuir, comme ceux qu'on recommandait pour les combats de rue des années 70, car ils amortissaient les coups de matraque de la police, résistaient à l'eau des canons anti-émeute et protégeaient du froid dans les cellules où on finissait la plupart du temps. Mais cette femme arrivait à rendre le blouson élégant, peut-être majestueux, et j'ai immédiatement su que c'était mon éditrice, et qu'elle allait être mon éditrice et mon amie pour le reste de ma vie.

Il n'y a pas eu de déception dans son regard, ou s'il y en a eu, elle a très bien su le cacher, ou peut-être qu'elle n'attendait pas Indiana Jones.

Je me souviens que dans le train et plus tard à Saint-Malo nous avons parlé de tout, de livres, d'autres auteurs, et, tout en profitant de la formidable hospitalité bretonne, elle s'est révélée – c'est l'opinion unanime de tous les Latino-Américains qui étaient là – une amie solidaire, fraternelle, gaie et bonne connaisseuse de ce que nous écrivons, nous qui sommes nés de l'autre côté de la grande mare.

De nombreuses années ont passé, c'est vrai, mais chaque fois qu'on me demande qui me publie en France, je bombe le torse, une voix de chanteur de tango me vient aux lèvres, dans le genre Goyaneche le Polac, et je dis « Éditions Métailié » avec satisfaction et fierté, car c'est une véritable fierté de faire partie de l'écurie d'Anne-Marie.

Elle a publié toute mon œuvre, elle m'a offert son amitié, mais ce dont je la remercie surtout, c'est d'avoir été implacable à l'heure si nécessaire de la critique.

Et tout cela a commencé le jour où Indiana Jones n'est pas arrivé à la gare Montparnasse.

Une friandise de soixante-deux pages

En 1939, le *Winnipeg*, un bateau rempli d'exilés espagnols, jeta l'ancre à Valparaíso. Ces vaincus de la République représentaient un trésor de culture et Pablo Neruda avait vendu jusqu'à sa chemise pour payer ce voyage. Parmi eux se trouvaient les frères Arancibia, des imprimeurs.

En 1940, ils firent tourner les rotatives de Arancibia Frères et il n'existe pas un écrivain chilien qui n'ait publié chez eux son premier livre. Je suis l'un d'entre eux.

À seize ans j'avais une audace sans bornes, la conviction d'être le Maïakovski chilien et tout un tas de poèmes au titre aussi naïf que pompeux : *Crépusculaire de la tristesse*.

Un beau matin, j'ai osé pénétrer dans l'imprimerie et un des frères Arancibia m'a accueilli :

– Alors, tu es poète, tu as un livre et tu veux le publier, m'a-t-il dit en résumant ma présentation de près de dix minutes.

Je lui ai confié le manuscrit, je l'ai regardé tourner les pages, le soupeser et ajouter après un court silence :

– Ça fera un livre de soixante-deux pages avec une couverture cartonnée trois couleurs. Laisse-le-moi et reviens dans deux semaines.

Sa réponse m'a surpris et j'ai voulu savoir combien cela me coûterait mais l'aîné des Arancibia a mis un bras sur mes épaules et m'a accompagné jusqu'à la porte.

– On parlera du prix quand le livre sera prêt, m'a-t-il dit au moment de nous quitter.

Pendant ces deux semaines je n'ai pas dormi. J'imaginais les frères Arancibia et les ouvriers de l'imprimerie lisant mes poèmes à haute voix, émus aux larmes ou morts de rire car mon expérience, courte mais intense, me laissait penser que c'étaient là les deux seules possibilités devant un recueil de poèmes. J'ai donc passé deux semaines dramatiques jusqu'au jour où, armé de courage, je suis retourné à l'imprimerie.

Je n'avais pas un rond. En ce temps-là, je gagnais quelques pesos en écrivant des scénarios pour feuilletons radiophoniques mais j'étais payé à la fin du mois et, si ma mémoire est bonne, nous étions le 16 ou le 17 juillet 1966. De plus, à seize ans, je consacrais mes revenus d'écrivain aux premières bières, aux premières cigarettes, aux premières amours. J'étais un novice complet.

Je me suis rendu à l'imprimerie en suivant la logique léniniste : un pas en avant, deux en arrière, tout en me répétant qu'il valait mieux attendre la fin du mois, qu'une telle souffrance n'avait aucun sens. Soudain, la chance des poètes m'a souri : je suis tombé sur ma tante Charo, une vieille dame fantastique qui, jusqu'à mes vingt ans, m'a glissé des billets dans la poche en me disant : « Achète-toi des friandises. » Elle l'a fait aussi ce jour-là et, après l'avoir embrassée de tout mon cœur, j'ai compté les coupures. Il y en avait assez pour un bon sandwich chilien, un *chacarero* ou un *lomito completo* et deux bières. Riche de ce capital, je suis arrivé chez Arancibia Frères.

Mon livre, mon premier livre était là. Sur le bureau de l'aîné des Arancibia, il y avait deux paquets de vingt exemplaires. La couverture était rouge, le titre et mon nom écrits en noir et, plus bas, en plus petits caractères et en blanc : « poésie chilienne contemporaine. »

Je ne sais pas combien de temps je suis resté en silence, le livre dans les mains, je le caressais, lisais quelques vers qui me semblaient beaux et étrangers, jusqu'au moment où l'aîné des Arancibia m'a interrompu :

– Très bien, mon garçon. Tu disposes de combien ?

Sans la moindre gêne, je lui ai avoué que très peu mais qu'à la fin du mois j'aurais un peu plus.

L'aîné des Arancibia m'a regardé et a prononcé les phrases qu'il répétait peut-être à des centaines d'écrivains chiliens.

– Avec ça tu peux emporter deux exemplaires et deux autres à crédit. Tes livres sont là, ils t'attendent.

Je suis sorti de l'imprimerie avec mes quatre bouquins. Je n'étais plus un pauvre inconnu, un livre de moi était publié. Au siège de la radio, j'ai vendu les quatre premiers exemplaires et je suis retourné à l'imprimerie pour en retirer d'autres.

J'ai mis un an à vendre les deux cent cinquante exemplaires de cette édition. J'ai harcelé mes professeurs et mes amis, j'en ai vendu installé derrière une petite table de camping dans les foires artisanales, à la sortie des bars bohèmes de Santiago, encouragé par la maxime des frères Arancibia : ton travail a un prix.

Comme je l'ai dit, il n'y a pas un écrivain chilien qui n'ait publié son premier livre chez Arancibia Frères, deux imprimeurs arrivés dans le *Winnipeg*.

Un chien nommé Edward

Il y a quelques années, j'ai vu rire mon fils León alors qu'il écoutait quelque chose, les écouteurs de son iPod collés aux oreilles. Il riait doucement, tendrement, acquiesçait de la tête, non pour suivre le rythme de ce qu'il entendait mais pour manifester son accord avec ce qui entrait dans sa tête. Je lui ai demandé de quoi il s'agissait et sa réponse m'a surpris : « C'est du rap, et l'histoire qu'il raconte, on croirait que c'est toi qui l'as écrite. »

Je ne suis pas particulièrement fan de rap mais j'ai pris les écouteurs et j'ai entendu un rappeur allemand scander une histoire qui m'a rempli d'enthousiasme et de curiosité. C'était celle d'un chien nommé Edward et, pour raconter la suite, j'ai fait une enquête à Kreuzberg, un quartier de Berlin. Né dans un chenil de la police allemande, il était destiné à être un berger allemand de pure race mais un autre chien aux antécédents pas très nobles s'était faufilé, semble-t-il, dans la cage de la mère et celle-ci avait donné naissance à une portée de chiots plutôt bizarres, d'après le responsable du chenil.

L'un d'entre eux était Edward, mais on l'appela

d'abord Kim, un nom plus court et plus sec. Quand vint le moment de démontrer ses qualités, l'excellence de son flair fut remarquée au point qu'on le dressa pour détecter la drogue et, à un an, il travaillait déjà pour la police dans l'aéroport de Berlin.

Le chien flairait longuement les valises, les boîtes, les paquets, et détectait immanquablement leur chargement de cocaïne, de marijuana, d'héroïne ou de tout autre drogue. Il remplissait impeccablement ses fonctions, mais ses maîtres découvrirent qu'il consacrait toute son attention olfactive aux bagages de luxe, Samsonite, Button, Mandarina Duck et autres marques prestigieuses. En revanche, il ne prenait pas la peine de renifler les sacs à dos ou les valises qui trahissaient la jeunesse ou la pauvreté de leurs propriétaires. Pendant son travail, il restait insensible aux commentaires du genre « Quel joli chien », ne regardait pas les voyageurs vêtus de manière correcte ou élégante mais remuait la queue avec une sympathie manifeste quand il s'agissait d'un punk, d'un hippie, d'un rocker ou de n'importe quelle personne mal attifée. Cette sorte de manque d'objectivité professionnelle fit naître des soupçons. Un jour, les policiers arrêtèrent un punk venant d'Amsterdam, lui prirent son bagage à main, le posèrent devant le chien – qui le flaira sans enthousiasme – et découvrirent, après l'avoir ouvert, deux cent cinquante grammes de cocaïne à l'intérieur.

Le chien qui s'appelait encore Kim fut mis à pied, dégradé et chassé de la police allemande. De retour au chenil, impropre même à la reproduction, il finit à la Société protectrice des animaux sur la liste des bêtes en quête d'un maître.

Il fut adopté par un couple propriétaire d'une maison avec jardin aux alentours de Wandsee, un endroit exquis avec ses constructions aristocratiques et ses Porsche garées devant chaque habitation. Cet environnement bourgeois lui déplut et il s'enfuit.

Peu de temps après, il réapparut à Kreuzberg, le quartier turc, celui des squatters et des *okupas* qui logent dans les vieux édifices. Devenu la mascotte d'un groupe de punks, rebaptisé Edward, c'est alors qu'il démontra pour de bon ses formidables dons olfactifs.

Edward tranchait par sa bonne humeur sur le groupe des punks. Il est rigoureusement exact qu'il se laissa poser un piercing sur l'oreille gauche et qu'il déambulait avec ses camarades et non ses maîtres en arborant des mèches rouges et un foulard palestinien autour du cou.

Les punks se réunissaient dans un parc pour boire de la bière bon marché et rouler leurs joints de haschich ou de marijuana sous le regard attentif d'Edward et, quand le chien levait la tête, humait l'air et aboyait, c'était là un signal incontestable : la police approchait.

Il repérait les keufs, les flics ; un Kurde, marchand de légumes, me raconta qu'Edward, le chien punk comme il l'appelait, avait fait échouer plusieurs tentatives d'expulsion grâce à son flair. Posté sur le toit d'une des vieilles maisons occupées, il reniflait l'air de Berlin et signalait longtemps à l'avance l'arrivée de la police.

Dans les grandes villes, les chiens se nourrissent normalement de croquettes, ces boulettes fabriquées avec les restes d'autres animaux. Edward, par contre, engloutissait avec bonheur les *gyros* d'une taverne grecque, les *döner kebab* d'un restaurant turc, les *tschebabchichib* d'un commerce croate, les *schaschlicks* d'Hambourg ou les tendres *wienerwurst* d'un boucher allemand. Au Spank, un bouiboui fréquenté par les vieux rockers où on écoute encore des vinyles, on m'a assuré qu'Edward aimait la bière, il était capable de boire plusieurs Pilsen dans son coin favori, tranquillement et sans faire le moindre scandale ; on les lui versait dans une assiette.

Un habitant de Spank a ajouté qu'Edward avait engrossé plusieurs chiennes et avait une multitude de petits dans le quartier. Mais tous parlaient de lui au passé. Edward avait fait ceci, Edward avait fait cela, j'ai donc fini par demander où il était, ce qu'il était devenu.

Personne n'a su me donner de réponse. J'ai même parlé avec plusieurs punks ; ils m'ont montré des photos d'Edward mais eux non plus n'ont pas su me dire où il se trouvait.

Un jour, il est parti, il s'en est allé simplement, pfffuitt !, car c'était un chien libre, m'a dit une punk avec cet inimitable accent berlinois.

Et tout en écrivant ces lignes, je mets les écouteurs et je suis d'accord avec les vers principaux du rap, *Que Dieu protège le chien Edward, gardien de notre petite liberté*.

Première parution, *La Montagne*

Adiós, Turquito

En août 1977 j'ai senti que je n'avais pas de terre sous les pieds. J'étais arrivé à Lima après un périple mouvementé à travers l'Argentine, l'Uruguay, le Brésil, le Paraguay, de nouveau l'Argentine, la Bolivie et, finalement, le Pérou. Je ne tenais pas en place, c'est la conséquence de l'exil, et soudain, dans une rue de Lima, j'ai vu mon vieil ami Chiclayo Pérez en compagnie de l'un des grands écrivains d'Amérique latine : l'Équatorien Jorge Enrique Adoum.

Quand il a appris que j'étais chilien et faisais partie des perdants, l'auteur de *Entre Marx et une femme nue* m'a donné l'accolade et une amitié est née à partir de ce geste. Elle s'est prolongée d'abord à Quito puis dans les rencontres à Paris à la faveur de la généreuse hospitalité de Jorge Amado et Zelia ou à travers des fax décolorés par le temps.

Un jour d'août 1977, Jorge Enrique Adoum a passé plusieurs coups de téléphone depuis un bar de Lima pour solliciter un visa jusqu'à ce qu'un fonctionnaire des Affaires étrangères le prie de lui dicter lui-même les caractéristiques de ce document afin de gagner du temps. Le lendemain l'ambassade de l'Équateur à Lima me remettait un sauf-conduit absolument inhabituel, surtout de la part de la dictature du général Rodríguez Lara, El Bombita : j'étais autorisé à résider en Équateur tout le temps que je jugerais nécessaire. Ce papier dicté par Jorge Adoum, orné de plusieurs tampons et signatures, invitait les autorités équatoriennes à procurer toutes facilités dans la réussite de ses démarches à monsieur Sepúlveda, diplômé de l'université. À partir de ce moment-là, avec l'auteur des *Cahiers de la terre* et de *Rapport personnel sur la situation*, nous nous sommes pompeusement appelés docteur Adoum et monsieur Sepúlveda, diplômé de l'université, mais, à Quito, stimulés par quelques *canelazos*, nous étions El Turquito et Lucho, deux types qui fréquentaient les bistrots de Quito, se retrouvaient au petit matin au milieu des étals multicolores de l'avenida 24 de Mayo et chantaient avec des larmes dans les yeux : *je veux être enterré comme mes aïeux / dans le ventre obscur et frais d'une jarre d'argile.*

Pendant ces années-là, il y avait à Quito une quantité surprenante de Chiliens, d'Argentins et d'Uruguayens, tous de passage, attendant que le Bureau des réfugiés des Nations unies décide de notre sort. La plupart étaient dans une situation de limbes au regard de la loi, les arrestations étaient fréquentes, les rafles de la redoutable police de l'immigration placée sous les ordres du major Jarrín semaient la terreur et, grâce à mon sauf-conduit, je crois avoir été l'un des seuls à éviter l'extradition. Chaque fois que j'étais pris dans une rafle – et cela m'est arrivé souvent – je présentais le document dûment plastifié et, après le « Vous pouvez disposer, monsieur le diplômé » des policiers, je passais un coup de fil euphorique au Turquito pour lui apprendre que le fameux papier servait encore.

Je raconte cette histoire car j'ai une photo du Turquito en face de moi. Parce que mon ami Jorge Adoum me l'a souvent fait répéter, parce que je l'aime beaucoup et rageusement, parce qu'il n'est plus en vie et qu'il repose, comme ses aïeux, dans le ventre obscur et frais d'une jarre d'argile.

Je me rappelle notre dernière rencontre, il y a deux ans, à Póvoa de Varzim, au Portugal. Nous étions dans le bus de Correntes d'escrita, une belle rencontre littéraire, et El Turquito séduisait l'assistance par ses talents de jeune homme octogénaire, ses blagues soviétiques merveilleusement racontées qui faisaient pleurer de joie Rosa Montero.

Ses yeux de myope illustre s'illuminaient quand il parlait de Neruda, de ces années où il avait été le secrétaire et l'ami du poète. El Turquito avait l'habitude de vivre au nom de nombreuses personnes et, à l'heure paisible de porter un toast, avec toute l'émotion possible, il buvait de petites gorgées à la santé de Neruda, de Roque Dalton, d'Otto René Castillo, de Javier Heraud, de Paco Urondo, des camarades de sa génération tombés au combat dans la lutte pour la dignité latino-américaine.

Jorge Enrique Adoum a milité pour toutes les causes justes et y a pris part en tant qu'intellectuel lucide, romancier engagé, immense poète et précieux camarade.

Je pense à lui, je regarde sa photo et la mémoire m'emporte jusqu'aux maisons blanches de Quito où nous avons fait tant de projets en regardant le jour se lever sur les Andes ou quand, assis sur la partie la plus haute d'El Batán, chez Oswaldo Guayasamín, nous imaginions la fin des dictatures et un continent latino-américain habité par des hommes et des femmes dont l'emblème serait le mot fraternité.

El Turquito va nous manquer. Mon ami et camarade Jorge Enrique Adoum va me manquer pour continuer à rêver car le prix des rêves partagés fait partie des nombreuses choses qu'il m'a apprises.

Mais lui poursuit son rêve à travers ses livres, dans le ventre obscur et frais d'une jarre d'argile.

La télévision, ce véhicule culturel

En triant le genre de vieux papiers qu'on garde sans savoir pourquoi, j'ai trouvé mon contrat de travail avec une chaîne de télévision de Guayaquil, établi en 1978, il y a plus de trente ans. Ce document stipulait que j'étais engagé, ainsi que mon ami Jorge Guerra, l'inoubliable Pin Pon, pour « concevoir une grille de programme d'un niveau culturel élevé en accord avec le principal objectif de la télévision : être un véhicule culturel ».

Un véhicule est un objet capable de voler, de se déplacer sur des rails, sur l'eau et sur les routes en transportant des personnes ou des choses. Il peut aussi ne pas avoir de forme définie et naviguer à travers les ondes. Le concepteur des programmes de télévision devient ainsi une sorte d'ingénieur chargé d'imaginer un véhicule susceptible d'aller dans une direction déterminée, c'est-à-dire en avant, en arrière, en haut, en bas, sur les côtés ; des possibilités de mouvement nombreuses et très stimulantes. C'est ce que nous pensions, mon ami Jorge Guerra et moi, pendant notre voyage de Quito à Guayaquil, dans ce pays appelé l'Équateur qui fut l'un des points de chute de nos exils respectifs.

Sur cette chaîne de télévision on pouvait voir la mire et puis, à partir de midi, les programmes se succédaient jusqu'à deux heures du matin. Alors on voyait apparaître le drapeau équatorien, l'hymne national se faisait entendre, puis la mire remplissait de nouveau l'écran jusqu'au lendemain. Nous devions donc couvrir quatorze heures d'émissions culturelles et un pareil défi nous a remplis d'enthousiasme pendant que nous dégustions, à la gare routière, les bananes frites et le café amer et fort du petit-déjeuner.

Nous devions prendre en considération les deux plages d'information, d'une demi-heure chacune, ce qui nous laissait treize heures à remplir de culture, nous dit-on dans les bureaux de la chaîne, mais un directeur nous rappela qu'il y avait des spots publicitaires d'une durée de quinze minutes entre les différentes émissions et nous recommanda de ne pas oublier les deux heures d'informations sportives qui suivaient les journaux télévisés ni l'espace spirituel acheté par l'église catholique et encore moins les soixante minutes de *L'Heure du Seigneur*, un créneau acheté par l'église évangéliste Jésus-Christ des Saints des Derniers Jours.

Ni Jorge Guerra ni moi n'étions des génies des mathématiques mais, après un rapide calcul, nous avons estimé que nous disposions d'environ sept heures de programmation culturelle à combler. Le défi restait très stimulant.

La première chose que nous avons prévue était

un espace consacré aux enfants, entre six et sept heures de l'après-midi. Le merveilleux Pin Pon allait conquérir les petits Équatoriens, lui qui avait appris à se laver les dents à des millions de gamins chiliens, à faire la différence entre la vérité et la mystification, à reconnaître les notes de musique et à savoir que la pluralité chromatique qui embellit la vie naît des trois couleurs primaires.

C'est ce que nous pensions et, pleins d'enthousiasme, nous avons ajouté une émission qui s'appellerait *Après-midi au cinéma*, pendant laquelle on projetterait tous les jours un film latino-américain précédé de dix minutes de commentaires. Pour le dimanche après-midi et parce que nous étions tous les deux fanas des films avec Jean Gabin, Lino Ventura et Alain Delon, nous avons imaginé une émission consacrée au cinéma français intitulée *L'Écran*[1] (nous étions très francophiles). Et, pour finir, un programme consacré aux livres, un autre aux grands documentaires historiques et, cerise sur le gâteau, un concours pour scénaristes de feuilletons.

Les directeurs ont trouvé ça très bien, c'est du moins ce qu'ils ont dit avant de nous indiquer qu'entre les journaux télévisés et les émissions religieuses, il y avait plusieurs concours de danse, l'élection de Miss Équateur et aussi des séries nord-américaines comme *Bonanza*, *Star Trek*, *Des agents très spéciaux*, *Ma sorcière bien-aimée*, *Le Grand Chaparral* et *Les Incorruptibles*.

Le défi perdait de son ampleur mais restait stimu-

1. En français dans le texte.

lant ; aussi, pour nous éviter de longues discussions, nous avons demandé de combien d'espace nous disposions.

L'un des directeurs s'est gratté la tête avant de répondre qu'en fait il s'agissait d'imaginer une émission de quinze minutes proposant des questions avec trois réponses possibles, deux mauvaises et une bonne. Il pourrait s'intituler *Vous êtes incollable*, serait sponsorisé par Durán Électroménager et les concurrents gagneraient chaque semaine un rasoir électrique. Les questions, d'un contenu culturel élevé, devraient porter sur des sujets que les gens connaissaient plus ou moins car la culture doit aider le public à se sentir bien et non à se compliquer la vie. Si cela nous semblait judicieux, ce programme passerait juste avant la fin des émissions, à une heure quarante cinq du matin, sauf en cas de retransmission d'un match important.

Curieusement, ni Jorge Guerra ni moi n'avons haï la télévision après cette entrevue. Nous sommes revenus à Quito, nous avons conçu pour une autre chaîne aux intentions moins prétentieuses une émission qui mélangeait les genres, une sorte de feuilleton humoristique intitulé *Dans l'intimité de la famille Chiriboga* mais il n'a pas duré longtemps car les personnages s'obstinaient à se moquer du gouvernement.

Peu de temps après, Jorge Guerra est parti à Cuba où Pin Pon, son personnage, a fait les délices de deux générations de petits Cubains et j'ai, moi aussi, poursuivi ma route.

Jorge Guerra est rentré au Chili en 1988 où il a

lutté à sa manière pour renverser la dictature. Pin Pon, son personnage d'éternel enfant, a semé l'agitation dans les bidonvilles, est monté sur les barricades, et puis nous nous sommes retrouvés en 1998 autour d'une bouteille de vin qui nous a rappelé nos années d'exil équatorien avec attendrissement.

Mon ami est mort au Chili, en février de cette année, et je le sens à mes côtés tandis que je regarde le vieux document qui nous a fait rêver d'être les génies de la télévision.

Première parution, *La Montagne*

Vies de chiens

Les deux histoires suivantes, rigoureusement vraies, concernent des chiens particuliers, des chiens originaux, sans race définie, des chiens débrouillards qui dorment n'importe où et sont des monuments de petite liberté à quatre pattes.

La première parle d'une chienne qui a fait les gros titres des journaux espagnols. Pendant onze ans, la fourrière, la société protectrice des animaux, la garde civile, la police autonome du pays basque et plusieurs douzaines de volontaires de San Sebastián tentèrent sans succès d'attraper cette chienne marron, aux longues oreilles et au regard triste, qui traînait dans la station balnéaire de La Concha, le quartier des tapas ou le marché de cette belle ville basque. Elle n'avait pas de nom mais on l'appelait La Negra. Elle n'était ni grosse ni maigre, n'aboyait pas après les passants et avait l'habitude de s'asseoir à la porte des bars ou aux terrasses des cafés en espérant qu'on lui jette un reste de jambon, une gamba méprisée et, avec un peu de chance, un morceau de viande.

Elle ne mendiait pas et ne jetait pas des regards

affamés. Elle attendait tout simplement et remerciait les gens de leur générosité en agitant légèrement la queue. Un jour, quelqu'un dit qu'elle montrait certaines caractéristiques de la race labrador et, pendant onze ans, La Negra s'est amusée à courir près des cyclistes quand le Tour d'Espagne passait par le pays basque ou à marcher au premier rang des manifestations contre la violence criminelle de l'ETA.

À certaines occasions ceux qui avaient l'intention de l'attraper pour l'emmener en lieu sûr faillirent y parvenir mais La Negra échappait à leurs lassos et à leurs filets et, une fois à l'abri, elle aboyait, heureuse d'être libre, vagabonde et libre.

La vie des chiens est courte, ils vieillissent d'un coup, deviennent lents, maladroits, perdent leur flair et leur vue. C'est ce qui se passa pour La Negra et, un après-midi d'août, elle ne put échapper au filet lancé par les employés municipaux mais sa capture eut lieu devant des témoins et ceux-ci se mirent à appeler la mairie pour savoir ce qui était arrivé à La Negra. Devant une telle insistance, on l'emmena le lendemain dans un refuge de la SPA. Jamais une chienne ne fit l'objet d'autant de demandes d'adoption, tous les habitants de San Sebastián semblaient vouloir la prendre en charge, et la conséquence d'une telle popularité fut que sa captivité ne dura pas plus de deux jours. Débarrassée de ses parasites, lavée et joyeuse elle fut remise à une famille qui refusa de changer ses habitudes et La Negra continue aujourd'hui à se promener sur La Concha, trotte à côté des cyclistes, amuse les touristes et arbore autour de son cou la sécurité d'un collier qui fait d'elle une chienne avec un domicile connu.

L'autre animal, un petit chien appelé Chiquito, n'a pas eu autant de chance. Il y a sept ans, alors qu'il déambulait dans le centre de Santa Fe, en Argentine, il eut la mauvaise idée de mettre le nez dans un sac en plastique. Le propriétaire était un type irascible qui, après avoir acheté quelques kilos de viande pour un barbecue, s'était arrêté à la terrasse d'un café pour boire quelques bières en laissant le sac en plastique par terre. Chiquito ne vola pas la viande, ne la goûta pas, il se contenta de la flairer mais cela suffit pour que le type lui balance deux coups de pied. Chiquito se défendit et, même s'il ne parvint pas à le mordre, déchira son pantalon.

Chiquito fut capturé par la police et l'énergumène au pantalon déchiré exigea qu'on le tue. Les policiers de Santa Fe refusèrent de l'abattre, alors le type porta l'affaire devant la justice.

Un procès eut lieu. Chiquito fut déclaré coupable d'avoir blessé légèrement le misérable qui l'avait agressé et passa six ans en prison dans un commissariat. Tout récemment la page « Liberté pour Chiquito » de Facebook affichait des milliers de signatures demandant sa liberté ou un procès équitable.

Chiquito est mort en prison, à dix-huit ans. Les policiers qui s'occupaient de lui assurent que, jusqu'au dernier jour, il regardait la rue et soupirait avec la tristesse pleine de dignité de ceux qui savent perdre.

J'ai deux bergers allemands, Zarko et Laika. Parfois, assis avec eux dans le jardin, je leur raconte des histoires. Celle de La Negra leur a plu mais je ne sais pas si je leur raconterai un jour celle de Chiquito.

Première parution, *La Montagne*

Un vieux qui ne me plaît pas

Je n'ai jamais eu peur de la vieillesse car la vie m'a donné l'opportunité de rencontrer des vieux formidables. Des hommes et des femmes qui ont porté ou portent leurs rides, leurs cheveux blancs, leur lenteur apparente avec orgueil, avec joie, et, maintenant que j'ai soixante ans, je me prépare à suivre leur exemple. Ces hommes et ces femmes qui portent sur leur visage la carte glorieuse de vies glorieuses sont pour moi un exemple et, par respect pour eux et pour moi, je me sers de ces pages pour parler d'un vieux pathétique qui représente exactement le contraire et constitue le type le plus représentatif du sujet sénile, prisonnier d'un destin comparable à celui de Dorian Gray.

Le vieux de cette chronique est un Italien qui a remplacé la sérénité qu'apportent normalement les années par un libertinage sans limites. Il a dû, je suppose, et sans autre but que la censure, assister un jour à une représentation de *La Résistible Ascension d'Arturo Ui* de Brecht et décidé que les miroirs servaient de guide pour combler avec des prothèses ce que la vie lui avait refusé.

Il a commencé par falsifier sa propre stature physique car l'autre, la stature morale, est heureusement intouchable. Un cordonnier italien est chargé de concevoir des chaussures pourvues de semelles spéciales qui le dotent d'environ quatre centimètres supplémentaires par rapport au niveau de la mer. Cela implique qu'un tailleur lui confectionne des pantalons pour des jambes qui ne sont pas les siennes et orne ses vestes d'épaulettes pour faire de lui un homme grand et même bien charpenté.

Reste un problème : la tête. Car aucune prothèse ne peut augmenter son volume et il a beau essayer devant la glace des expressions mussoliniennes, il ne reste qu'une tête de vieux plutôt petit, pratiquement dépourvue de cou, fourrée de force dans un corps étranger.

Les années décident de la chute des cheveux, c'est une loi de la vie, et tous les implants auxquels il s'est soumis ont échoué car l'herbe ne pousse pas sur un terrain stérile. Inspiré peut-être par le fameux angiome qui orne la belle tête de Gorbatchev, il a donc décidé de se faire tatouer une ombre sombre sous sa chevelure clairsemée, ce qui donne au final l'effet d'un barbon qui se coiffe d'un vieux béret effiloché.

Un jour, une maquilleuse a voulu retoucher les rides du visage de sir Laurence Olivier prêt à entrer en scène pour interpréter Hamlet. Le grand acteur l'en a gentiment dissuadé en disant : « Ce ne sont pas des rides, ce sont les cicatrices bien-aimées que m'ont laissées mes meilleures batailles ». L'Italien qui nous intéresse a décidé, lui, d'être « le plus beau Premier ministre d'Europe ». Pour ce faire, il est allé dans une clinique de chirurgie esthétique en Suisse. Le résultat final, c'est un vieux Chinois qui a du mal à ouvrir les yeux. Après une série d'échecs prévisibles chez un émule de Peter Pan, il a donc choisi de proclamer à la face du monde sa virilité de *latin lover* du troisième âge.

Existe-t-il quelque chose de plus grotesque qu'un vieux petit mais dressé sur ses ergots, à moitié chauve mais maquillé, doté d'yeux asiatiques à coups de bistouri et d'une dentition impeccable grâce à une prothèse qui l'empêche de fermer la bouche ?

Si à cette vision de cauchemar on ajoute une adolescente, mineure, qui, après avoir été généreusement offerte par ses parents au barbon propriétaire de la télévision italienne, l'appelle naïvement « papi », on obtient le sujet d'un opéra bouffe qui doit très probablement faire se retourner dans leur tombe Rossini et Puccini.

Une interminable série de *veline*[1], c'est-à-dire de jeunes filles d'aspect enfantin, et discrètement putes, auxquelles s'ajoutent des maquerelles aux tarifs business qui se font appeler *escorts*, se sont emparées de la résidence officielle du chef du gouvernement italien et, loin de vanter aux quatre vents les capacités amoureuses de l'amphitryon, déclarent qu'il s'agit d'un petit vieux sympathique

1. Jeunes filles très légèrement vêtues à la télévision italienne. À l'origine, elles étaient chargées d'apporter les dépêches aux journalistes.

qu'elles doivent appeler « papi » et dont la plus grande prouesse sexuelle consiste à s'asseoir avec elles pour regarder de vieilles vidéos où il chante des chansons barbantes et romantiques de l'Italie de Domenico Modugno.

Comme tout le monde le sait, le petit vieux possède une demeure en Sardaigne d'un kitsch éblouissant. Des groupes de *veline* transportées par des avions de l'armée de l'air italienne se rendent à Villa Certosa pour égayer d'autres barbons venus témoigner de leur européanité. Au milieu des filles qui se baignent en petite tenue, on a pu voir, grâce à l'habileté d'un paparazzi, un responsable du gouvernement tchèque profondément eurosceptique arborant une érection à la charge du Trésor public italien et, au centre de tout cela, l'incombustible silhouette d'un vieux beau prénommé Silvio, ou « papi » aux dires des invitées, promenant son arrogance sénile, son insolente vieillesse, sa décadence abjecte, convaincu d'être le nouveau Néron de l'Italie.

Comme dit la Bible : rendons à Dieu ce qui est à Dieu et à César l'hôpital gériatrique.

Première parution, *La Montagne*

La Peña de los Parra

Une photo vient de m'arriver de Santiago. Elle n'a pas besoin de commentaires car les mots, les cris et même les gestes d'impuissance sont de trop. Cette photo montre une vieille maison, au numéro 340 de la calle Carmen, au moment précis où un bulldozer commence à la démolir.

Sur la photo, les portes sont fermées, les deux lanternes latérales qui jadis éclairaient un peu plus que la nuit de Santiago sont éteintes. Ce signal était visible malgré la brume de l'hiver, malgré la pluie, le froid ou la fatigue après de dures journées passées à gagner la bataille de la production, à alphabétiser, à apprendre à manger du poisson ou à insister pour que les enfants boivent un demi-litre de lait. Ces deux lanternes étaient une invitation à la Peña de los Parra, le palais de la fraternité, en compagnie d'une guitare et d'un verre de vin. En ce temps-là nous n'avions besoin de rien d'autre pour nous aimer, cela nous suffisait pour être heureux. Cette maison aux murs de briques crues avait le parfum du Chili, la couleur du Chili, la chaleur du Chili. L'esprit de Violeta y régnait et avec elle chantaient

Isabel, Ángel, Víctor Jara et beaucoup d'autres, tant la culture chilienne des années soixante et soixante-dix était grande et rayonnante.

Dans cette maison on écoutait et on chantait, on conspirait, on discutait jusqu'à ce que l'aube nous salue de sa lumière et nous renvoie aux mille tâches du Gouvernement populaire. Dans cette maison sont nés des histoires d'amour, des concubinages et des mariages précipités, des couples qui, aujourd'hui, en apprenant sa disparition, se prennent la main, accusent le coup et laissent couler une larme sur leurs joues car cette perte est de celles qui font mal, qui laissent des bleus à l'âme.

Il y a deux ans, j'ai assisté à un récital d'Isabel Parra à Paris. Le Théâtre Aleph, du Cuervo Castro, était plein à craquer, moi j'écoutais et admirais la chanteuse, mon amie qui, la guitare à la main, opérait en nous une transformation. Elle était une fois de plus cette Isabel, cette Chabela petite et belle, aux yeux brillants et à la voix caressante. Moi et beaucoup de ceux qui se trouvaient là nous étions de nouveau des jeunes gens d'une vingtaine d'années qui se réchauffaient au feu de sa voix et du vin servi dans la Peña de los Parra, à l'abri du vent, du danger, de la mort et de l'exil qui allaient nous tomber dessus.

En mai de cette année, Ángel Parra a donné un concert au Casino de Gijón. Assis dans l'obscurité, je regardais mon ami chanter nos chansons, toujours élégant dans ses vêtements noirs et son écharpe blanche, ces chansons qui, dans la vieille maison du 340 de la calle Carmen, effaçaient notre fatigue ou nous invitaient à aimer encore davantage nos compagnes. Ángel est un monument de dignité mais, pour lui, cela n'a aucune importance et, quand je lui ai parlé de la Peña de los Parra, il a tout juste laissé entendre qu'il y avait des problèmes.

Parfois les machines rugissent comme des lions porteurs d'espoir mais elles peuvent aussi croasser comme des vautours dotés de moteurs puissants. C'est ainsi que j'imagine celles qui ont démoli une des maisons les plus illustres de Santiago, une maison qu'on aurait dû sauver, transformer en monument à toutes les voix, en temple des espoirs les plus beaux. Cette vieille bâtisse flanquée de ses deux inoffensives lanternes en métal a été le point de départ d'où nous nous sommes lancés à la conquête de la dignité de toutes et de tous. À n'en pas douter, cette maison était dangereuse, très dangereuse, subversive car bourrée de mémoire.

Quelqu'un justifiera la démolition en prenant pour prétexte l'ancienneté de l'édifice mais ne conserve-t-on pas les aberrantes constructions militaires ? Un autre allèguera qu'un immeuble de deux étages est plus rentable qu'une maison de brique crues, un autre enfin lui donnera raison car la culture, la mémoire, le passé glorieux de ceux qui ont osé changer la société ne sera jamais rentable.

Les deux lanternes s'allument dans mon souvenir. L'une éclaire le visage d'éternelle enfant de mon amie Isabel, l'autre la figure sérieuse et moustachue de mon frère Ángel Parra. Je les serre tous deux dans mes bras et je les aime plus que jamais.

C'est pour toi, Soraya

Pour les jeunes des pays pauvres, le football, plus qu'un beau sport, est une occasion de se sortir de la misère et d'atteindre ce but si confus qu'on appelle la réussite. C'est ce qui est arrivé à Bernardo Cifuentes, un jeune garçon qui, à quatorze ans, a commencé à se faire remarquer comme avant-centre dans un club de quartier, les Brasseurs d'Asunción, et qui est devenu champion des quartiers de la capitale paraguayenne en 2001. Les investissements du brasseur de bière n'étaient pas très importants : un piètre stade où les lumières fonctionnaient rarement, des maillots avec le logo de l'entreprise et une douzaine de sièges, vides le plus souvent, réservés aux cadres. Mais un jour, alors qu'il manquait deux rencontres pour que le club obtienne le titre de champion, un Italien se rendit au stade, occupa un des sièges et observa Bernardo Cifuentes qui, ce jour-là, marqua deux buts.

L'Italien était imprésario, agent et représentant de nombreux footballeurs. Son travail consistait à rechercher des talents et il parcourait l'Afrique et l'Amérique latine tel l'enchanteur Merlin capable de changer le sort des sportifs amateurs.

Dans la cambuse qui servait de vestiaire, il s'approcha du joueur et, après l'avoir félicité, lui demanda si ça lui dirait de jouer en Europe dans une équipe de deuxième division. Cifuentes, qui venait d'avoir dix-huit ans, se mit tout simplement à pleurer d'émotion et, au milieu de ses larmes, il comprit que cette nuit-même, après avoir fêté la victoire, il parlerait aux parents de Soraya pour leur demander la main de la belle jeune fille qui pouvait dire je t'aime en espagnol et en guarani avec la même sincérité.

Les festivités furent de courte durée pour Cifuentes et, arrivé chez sa fiancée, il lui trouva un drôle d'air. Il lui parla de la proposition de jouer en Europe, « En Europe tu te rends compte ! » lui dit-il, et alors qu'il lui faisait remarquer qu'à tous les coups il jouerait bientôt avec Ronaldo ou Zamorano, il remarqua que la jeune fille avait l'esprit ailleurs et n'était pas gagnée par son émotion.

L'aveu fut bref, lui aussi : elle était tombée amoureuse d'un autre garçon dont elle préférait ne pas dire le nom, elle était désolée, tout à fait désolée. En tout cas, elle lui souhaitait bonne chance dans le football.

Les négociations furent rapides, l'Italien paya ce que lui demandait le club, versa une avance au joueur, l'accompagna pour obtenir un passeport et le visa Schengen nécessaire pour se rendre en Italie.

Le cœur brisé, Bernardo Cifuentes commença à s'entraîner et plus tard à jouer en deuxième division dans une équipe de Palerme. On le trouvait irrégulier, parfois brillant, attaquant rapide qui avait l'œil pour se déplacer dans le camp adversaire mais, d'autres fois, il ne savait pas concrétiser des buts servis sur un plateau.

Considère que c'est ta dernière chance, lui dit son agent en lui annonçant qu'on venait de le vendre à une équipe espagnole, le Ciudad de Cáceres Fútbol Club, en Estrémadure, qui se battait pour monter en deuxième division.

Là-bas, Cifuentes améliora considérablement son rendement et devint le buteur du foot régional. Les fans accompagnaient ses courses joyeuses quand il marquait un but et chantaient même en chœur le « Celui-là, il est pour toi, Soraya » qu'il prononçait en envoyant des baisers vers le ciel.

Un jour, en 2002, le Cáceres devait aller à Marbella pour affronter l'Andalucía, un autre club qui luttait courageusement pour monter en deuxième division. Cifuentes s'en réjouit, il savait que le goal était lui aussi paraguayen. Il s'appelait Rolando Escobar et, disait-on, ne portait pas de crucifix autour du cou mais une petite photo de Lev Yachine, l'Araignée noire, le meilleur gardien de but de l'histoire.

À la quarante-deuxième minute de la seconde mi-temps, alors que les équipes en étaient à un partout, l'arbitre siffla un pénalty en faveur de Cáceres et, naturellement, Cifuentes fut chargé de le tirer. Il regarda alors le goal de l'Andalucía, entièrement vêtu de noir, mais son regard traversa le corps du sportif pour se fixer sur la belle Soraya qui, assise sur une petite chaise pliante juste derrière la cage, encourageait Escobar, son homme, en lui criant avec toute la douceur du guarani : « Sois tranquille, mon amour, tu peux même arrêter le vent. »

Tout en plaçant le ballon aux onze mètres réglementaires, Cifuentes comprit qu'elle n'avait jamais reçu toutes ses lettres expédiées d'Italie où il lui répétait avec insistance qu'il ne pouvait vivre sans elle, car la belle jeune femme ne vivait pas au Paraguay mais en Espagne.

Cifuentes fit cinq pas en arrière, prit doucement son élan, son pied droit frappa le ballon qui s'éleva et, après avoir exécuté une courbe parfaite, entra dans le petit espace compris entre l'angle supérieur droit et les mains du gardien.

Le public fut surpris de voir l'auteur du but écarter ses camarades en pleine euphorie. Il s'approcha du goal vaincu, saisit une de ses mains gantées pour l'aider à se relever, le serra aussitôt dans ses bras et, regardant la belle jeune femme qui l'observait, ébahie, cria : « Celui-là, il est pour toi, Soraya ! »

L'année suivante, l'Andalucía disparut du monde footballistique espagnol. Depuis 2004, Bernardo Cifuentes joue en Allemagne, au Hansa Rostock, un club de deuxième division de la Bundesliga. Et les Allemands se souviennent encore de l'avant-centre paraguayen qui criait chaque fois qu'il marquait un but : « Celui-là, il est pour toi, Soraya ! »

Première parution, *La Montagne*

Table

Portrait de groupe sur fond d'absence :
un reportage 7
Plateforme Larsen B. 35
Chili, une semaine de voyage.
30 janvier 2009 41
La dure et tendre fragilité des héros 51
Grandes inventions perdues 55
Attaque à main bénite 59
L'Enclave 63
Histoire de deux tragédies 67
Mon Ami, le Vieux 73
Le véritable auteur de Tarzan 85
Alchimie de la lumière, du respect
et du miracle 87
… 19 juillet 1979… 91
Observations sur l'intellectualité 95
Écoute, Chili… Katia Olevskaïa est morte 101
Qui êtes-vous ? 105
Tá 109
Le jour où Indiana Jones n'est pas arrivé
à la gare Montparnasse 113
Une friandise de soixante-deux pages 119

Un chien nommé Edward 123
Adiós, Turquito 127
La télévision, ce véhicule culturel 131
Vies de chiens 137
Un vieux qui ne me plaît pas 141
La Peña de los Parra 145
C'est pour toi, Soraya 149

DU MÊME AUTEUR

Le Vieux qui lisait des romans d'amour
prix du Roman d'évasion
prix France Culture étranger
Métailié, 1992, 2001, 2004
Métailié, « Suites », n° 90
et « Points », n° P70

Le Monde du bout du monde
Métailié, 1993, 2005
Seuil Jeunesse, 1999
Métailié, « Suites », n° 105
et « Points », n° P32

Un nom de torero
Métailié, 1994, 2005
Métailié, « Suites », n° 106
et « Points », n° P237

Le Neveu d'Amérique
Métailié, 1996
Seuil, 1998
et « Points », n° P494

Histoire d'une mouette et du chat
qui lui apprit à voler
(illustré par Miles Hyman)
prix Sorcière 1997
Métailié/Seuil, 1996, 2004
Seuil Jeunesse, 2004
et Métailié, « Suites », n° 83

Rendez-vous d'amour dans un pays en guerre
et autres histoires
Métailié, 1997
Seuil, 1999
et « Points », n° P622

Journal d'un tueur sentimental
Métailié, « Suites », n° 8, 1998
Seuil, 2002
et « Points », n° P986

Hot line *suivi de* Yacaré
Métailié, « Suites », n° 19, 1999

Les Roses d'Atacama
Métailié, 2001, 2003
et Métailié, « Suites », n° 75

Histoires d'amour d'Amérique latine
Métailié, 2002

La Folie de Pinochet
Métailié, 2003

Une sale histoire
Notes d'un carnet de moleskine
Métailié, 2005

Les Pires Contes des frères Grimm
(en collaboration avec Mario Delgado Aparain)
Métailié, 2005

La Lampe d'Aladino
et autres histoires pour vaincre l'oubli
Métailié, 2009
et « Points », n° P2358

L'ombre de ce que nous avons été
Métailié, 2010
et « Points », n° P2590

1908 - 1973 Salvador ALLENDE
Président de la République Chilienne
de Novembre 70 à 73. (Marxiste)
suicidé le 11 sept 73 - jour du coup
d'état qui instaura la dictature
militaire d'Augusto PINOCHET
de 1973 à 1990

1970 coalition de gauche : unité
populaire - socialisme au pouvoir
réforme agraire · nationalisation
grèves enc crise économique
(1973 proche de la guerre civile
Pinochet renverse le pouvoir
encouragés par USA

Aylwin - président -

RÉALISATION : NORD COMPO MULTIMÉDIA À VILLENEUVE-D'ASCQ
IMPRESSION : CPI BRODARD ET TAUPIN À LA FLÈCHE
DÉPÔT LÉGAL : JUIN 2012. N° 107861. (68170)
IMPRIMÉ EN FRANCE

Éditions Points

Le catalogue complet de nos collections est sur Le Cercle Points, ainsi que des interviews de vos auteurs préférés, des jeux-concours, des conseils de lecture, des extraits en avant-première…

www.lecerclepoints.com

DERNIERS TITRES PARUS

P2528. Profileuse – Une femme sur la trace des serial killers, *Stéphane Bourgoin*
P2529. Venise sur les traces de Brunetti – 12 promenades au fil des romans de Donna Leon, *Toni Sepeda*
P2530. Les Brumes du passé, *Leonardo Padura*
P2531. Les Mers du Sud, *Manuel Vázquez Montalbán*
P2532. Funestes carambolages, *Håkan Nesser*
P2533. La Faute à pas de chance, *Lee Child*
P2534. Padana City, *Massimo Carlotto, Marco Videtta*
P2535. Mexico, quartier Sud, *Guillermo Arriaga*
P2536. Petits Crimes italiens *Ammaniti, Camilleri, Carlotto, Dazieri, De Cataldo, De Silva, Faletti, Fois, Lucarelli, Manzini*
P2537. La guerre des banlieues n'aura pas lieu, *Abd Al Malik*
P2538. Paris insolite, *Jean-Paul Clébert*
P2539. Les Ames sœurs, *Valérie Zenatti*
P2540. La Disparition de Paris et sa renaissance en Afrique *Martin Page*
P2541. Crimes horticoles, *Mélanie Vincelette*
P2542. Livre de chroniques IV, *António Lobo Antunes*
P2543. Mon témoignage devant le monde, *Jan Karski*
P2544. Laitier de nuit, *Andreï Kourkov*
P2545. L'Évasion, *Adam Thirlwell*
P2546. Forteresse de solitude, *Jonathan Lethem*
P2547. Totenauberg, *Elfriede Jelinek*
P2548. Méfions-nous de la nature sauvage, *Elfriede Jelinek*
P2549. 1974, *Patrick Besson*
P2550. Conte du chat maître zen *(illustrations de Christian Roux), Henri Brunel*
P2551. Les Plus Belles Chansons, *Charles Trenet*
P2552. Un monde d'amour, *Elizabeth Bowen*
P2553. Sylvia, *Leonard Michaels*

P2554. Conteurs, menteurs, *Leonard Michaels*
P2555. Beaufort, *Ron Leshem*
P2556. Un mort à Starvation Lake, *Bryan Gruley*
P2557. Cotton Point, *Pete Dexter*
P2558. Viens plus près, *Sara Gran*
P2559. Les Chaussures italiennes, *Henning Mankell*
P2560. Le Château des Pyrénées, *Jostein Gaarder*
P2561. Gangsters, *Klas Östergren*
P2562. Les Enfants de la dernière chance, *Peter Høeg*
P2563. Faims d'enfance, *Axel Gauvin*
P2564. Mémoires d'un antisémite, *Gregor von Rezzori*
P2565. L'Astragale, *Albertine Sarrazin*
P2566. L'Art de péter, *Pierre-Thomas-Nicolas Hurtaut*
P2567. Les Miscellanées du rock
Jean-Éric Perrin, Jérôme Rey, Gilles Verlant
P2568. Les Amants papillons, *Alison Wong*
P2569. Dix mille guitares, *Catherine Clément*
P2570. Les Variations Bradshaw, *Rachel Cusk*
P2571. Bakou, derniers jours, *Olivier Rolin*
P2572. Bouche bée, tout ouïe… ou comment tomber amoureux des langues, *Alex Taylor*
P2573. La grammaire, c'est pas de la tarte !
Olivier Houdart, Sylvie Prioul
P2574. La Bande à Gabin, *Philippe Durant*
P2575. « Le vote ou le fusil », *suivi de* « Nous formons un seul et même pays », *Malcolm X, John Fitzgerald Kennedy*
P2576. « Vive la Commune ! », *suivi de* « La Commune est proclamée » et de « La guerre civile en France »
Louise Michel, Jules Vallès, Karl Marx
P2577. « Je vous ai compris ! », *suivi de* « L'Algérie n'est pas la France » et de « Le droit à l'insoumission »
Charles de Gaulle, Gouvernement provisoire algérien, Manifeste des 121
P2578. « Une Europe pour la paix », *suivi de* « Nous disons NON » et de « Une communauté passionnée »
Robert Schuman, Jacques Chirac, Stefan Zweig
P2579. 13 heures, *Deon Meyer*
P2580. Angle obscur, *Reed Farrel Coleman*
P2581. Le Tailleur gris, *Andrea Camilleri*
P2582. La Vie sexuelle d'un Américain sans reproche
Jed Mercurio
P2583. Une histoire familiale de la peur, *Agata Tuszyńska*
P2584. Le Blues des Grands Lacs, *Joseph Coulson*
P2585. Le Tueur intime, *Claire Favan*
P2586. Comme personne, *Hugo Hamilton*
P2587. Fille noire, fille blanche, *Joyce Carol Oates*

P2588. Les Nouvelles Brèves de comptoir, tome 2
Jean-Marie Gourio
P2589. Dix petits démons chinois, *Frédéric Lenormand*
P2590. L'ombre de ce que nous avons été, *Luis Sepúlveda*
P2591. Sévère, *Régis Jauffret*
P2592. La Joyeuse Complainte de l'idiot, *Michel Layaz*
P2593. Origine, *Diana Abu-Jaber*
P2594. La Face B, *Akhenaton*
P2595. Paquebot, *Hervé Hamon*
P2596. L'Agfa Box, *Günter Grass*
P2597. La Ville insoumise, *Jon Fasman*
P2598. Je résiste aux personnalités toxiques
(et autres casse-pieds), *Christophe André & Muzo*
P2599. Le soleil me trace la route. Conversations avec Tiffy
Morgue et Jean-Yves Gaillac, *Sandrine Bonnaire*
P2600. Mort de Bunny Munro, *Nick Cave*
P2601. La Reine et moi, *Sue Townsend*
P2602. Orages ordinaires, *William Boyd*
P2603. Guide farfelu mais nécessaire de conversation anglaise
Jean-Loup Chiflet
P2604. Nuit et Jour, *Virginia Woolf*
P2605. Trois hommes dans un bateau (sans oublier le chien !)
Jerome K. Jerome
P2606. Ode au vent d'Ouest. Adonaïs et autres poèmes
Percy Bysshe Shelley
P2607. Les Courants fourbes du lac Tai, *Qiu Xiaolong*
P2608. Le Poisson mouillé, *Volker Kutscher*
P2609. Faux et usage de faux, *Elvin Post*
P2610. L'Angoisse de la première phrase, *Bernard Quiriny*
P2611. Absolument dé-bor-dée !, *Zoe Shepard*
P2612. Meurtre et Obsession, *Jonathan Kellerman*
P2613. Sahara, *Luis Leante*
P2614. La Passerelle, *Lorrie Moore*
P2615. Le Territoire des barbares, *Rosa Montero*
P2616. Petits Meurtres entre camarades. Enquête secrète au cœur
du PS, *David Revault d'Allonnes*
P2617. Une année avec mon père, *Geneviève Brisac*
P2618. La Traversée des fleuves. Autobiographie
Georges-Arthur Goldschmidt
P2619. L'Histoire très ordinaire de Rachel Dupree
Ann Weisgarber
P2620. À la queue leu leu. Origines d'une ribambelle
d'expressions populaires, *Gilles Guilleron*
P2621. Poèmes anglais, *Fernando Pessoa*
P2622. Danse avec le siècle, *Stéphane Hessel*
P2623. L'Épouvantail, *Michael Connelly*

P2624. London Boulevard, *Ken Bruen*
P2625. Pourquoi moi ?, *Omar Raddad*
P2626. Mes étoiles noires, *Lilian Thuram*
P2627. La Ronde des innocents, *Valentin Musso*
P2628. Ô ma mémoire. La poésie, ma nécessité, *Stéphane Hessel*
P2629. Une vie à brûler, *James Salter*
P2630. Léger, humain, pardonnable, *Martin Provost*
P2631. Lune captive dans un œil mort, *Pascal Garnier*
P2632. Hypothermie, *Arnaldur Indridason*
P2633. La Nuit de Tomahawk, *Michael Koryta*
P2634. Les Raisons du doute, *Gianrico Carofiglio*
P2635. Les Hommes-couleurs, *Cloé Korman*
P2636. Le Cuisinier, *Martin Suter*
P2637. N'exagérons rien !, *David Sedaris*
P2638. Château-l'Arnaque, *Peter Mayle*
P2639. Le Roman de Bergen. 1900 L'aube, tome I
Gunnar Staalesen
P2640. Aurora, Kentucky, *Carolyn D. Wall*
P2641. Blanc sur noir, *Kriss Nelscott*
P2642. Via Vaticana, *Igal Shamir*
P2643. Le Ruban rouge, *Carmen Posadas*
P2644. My First Sony, *Benny Barbash*
P2645. « On m'a demandé de vous virer », *Stéphane Guillon*
P2646. Les Rillettes de Proust. Ou 50 conseils pour devenir écrivain, *Thierry Maugenest*
P2647. 200 expressions inventées en famille, *Cookie Allez*
P2648. Au plaisir des mots, *Claude Duneton*
P2649. La Lune et moi. Les meilleures chroniques,
Haïkus d'aujourd'hui
P2650. Le marchand de sable va passer, *Andrew Pyper*
P2651. Lutte et aime, là où tu es !, *Guy Gilbert*
P2652. Le Sari rose, *Javier Moro*
P2653. Le Roman de Bergen. 1900 L'aube, tome II
Gunnar Staalesen
P2654. Jaune de Naples, *Jean-Paul Desprat*
P2655. Mère Russie, *Robert Littell*
P2656. Qui a tué Arlozoroff ?, *Tobie Nathan*
P2657. Les Enfants de Las Vegas, *Charles Bock*
P2658. Le Prédateur, *C.J. Box*
P2659. Keller en cavale, *Lawrence Block*
P2660. Les Murmures des morts, *Simon Beckett*
P2661. Les Veuves d'Eastwick, *John Updike*
P2662. L'Incertain, *Virginie Ollagnier*
P2663. La Banque. Comment Goldman Sachs dirige le monde
Marc Roche
P2664. La Plus Belle Histoire de la liberté, *collectif*

P2665. Le Cœur régulier, *Olivier Adam*
P2666. Le Jour du Roi, *Abdellah Taïa*
P2667. L'Été de la vie, *J.M. Coetzee*
P2668. Tâche de ne pas devenir folle, *Vanessa Schneider*
P2669. Le Cerveau de mon père, *Jonathan Franzen*
P2670. Le Chantier, *Mo Yan*
P2671. La Fille de son père, *Anne Berest*
P2672. Au pays des hommes, *Hisham Matar*
P2673. Le Livre de Dave, *Will Self*
P2674. Le Testament d'Olympe, *Chantal Thomas*
P2675. Antoine et Isabelle, *Vincent Borel*
P2676. Le Crépuscule des superhéros, *Deborah Eisenberg*
P2677. Le Mercredi des Cendres, *Percy Kemp*
P2678. Journal. 1955-1962, *Mouloud Feraoun*
P2679. Le Quai de Ouistreham, *Florence Aubenas*
P2680. Hiver, *Mons Kallentoft*
P2681. Habillé pour tuer, *Jonathan Kellerman*
P2682. Un festin de hyènes, *Michael Stanley*
P2683. Vice caché, *Thomas Pynchon*
P2684. Traverses, *Jean Rolin*
P2685. Le Baiser de la pieuvre, *Patrick Grainville*
P2686. Dans la nuit brune, *Agnès Desarthe*
P2687. Une soirée au Caire, *Robert Solé*
P2688. Les Oreilles du loup, *Antonio Ungar*
P2689. L'Homme de compagnie, *Jonathan Ames*
P2690. Le Dico de la contrepèterie.
Des milliers de contrepèteries pour s'entraîner et s'amuser
Joël Martin
P2691. L'Art du mot juste.
275 propositions pour enrichir son vocabulaire
Valérie Mandera
P2692. Guide de survie d'un juge en Chine, *Frédéric Lenormand*
P2693. Doublez votre mémoire. Journal graphique
Philippe Katerine
P2694. Comme un oiseau dans la tête.
Poèmes choisis, *René Guy Cadou*
P2696. La Dernière Frontière, *Philip Le Roy*
P2697. Country blues, *Claude Bathany*
P2698. Le Vrai Monde, *Natsuo Kirino*
P2699. L'Art et la manière d'aborder son chef de service pour lui
demander une augmentation, *Georges Perec*
P2700. Dessins refusés par le *New Yorker*, *Matthew Diffee*
P2701. Life, *Keith Richards*
P2702. John Lennon, une vie, *Philip Norman*
P2703. Le Dernier Paradis de Manolo, *Alan Warner*
P2704. L'Or du Maniéma, *Jean Ziegler*

P2705. Le Cosmonaute, *Philippe Jaenada*
P2706. Donne-moi tes yeux, *Torsten Pettersson*
P2707. Premiers Romans, *Katherine Pancol*
P2708. Off. Ce que Nicolas Sarkozy n'aurait jamais dû nous dire
Nicolas Domenach, Maurice Szafran
P2709. Le Meurtrier de l'Avent, *Thomas Kastura*
P2710. Le Club, *Leonard Michaels*
P2711. Le Vérificateur, *Donald Antrim*
P2712. Mon patient Sigmund Freud, *Tobie Nathan*
P2713. Trois explications du monde, *Tom Keve*
P2714. Petite sœur, mon amour, *Joyce Carol Oates*
P2715. Shim Chong, fille vendue, *Hwang Sok Yong*
P2716. La Princesse effacée, *Alexandra de Broca*
P2717. Un nommé Peter Karras, *George P. Pelecanos*
P2718. Haine, *Anne Holt*
P2719. Les jours s'en vont comme des chevaux sauvages dans les collines, *Charles Bukowski*
P2720. Ma grand-mère avait les mêmes.
Les dessous affriolants des petites phrases
Philippe Delerm
P2721. Mots en toc et formules en tic. Petites maladies du parler d'aujourd'hui, *Frédéric Pommier*
P2722. Les 100 plus belles récitations de notre enfance
P2723. Chansons. L'Intégrale, *Charles Aznavour*
P2724. Vie et opinions de Maf le chien et de son amie Marilyn Monroe, *Andrew O'Hagan*
P2725. Sois près de moi, *Andrew O'Hagan*
P2726. Le Septième Fils, *Arni Thorarinsson*
P2727. La Bête de miséricorde, *Fredric Brown*
P2728. Le Cul des anges, *Benjamin Legrand*
P2729. Cent seize Chinois et quelque, *Thomas Heams-Ogus*
P2730. Conversations avec moi-même.
Lettres de prison, notes et carnets intimes
Nelson Mandela
P2731. L'Inspecteur Ali et la CIA, *Driss Chraïbi*
P2732. Ce délicieux Dexter, *Jeff Lindsay*
P2733. Cinq femmes et demie, *Francisco González Ledesma*
P2734. Ils sont devenus français, *Doan Bui, Isabelle Monnin*
P2735. D'une Allemagne à l'autre. Journal de l'année 1990
Günter Grass
P2736. Le Château, *Franz Kafka*
P2737. La Jeunesse mélancolique et très désabusée d'Adolf Hitler
Michel Folco
P2738. L'Enfant des livres, *François Foll*
P2739. Karitas, l'esquisse d'un rêve, *Kristín Marja Baldursdóttir*
P2740. Un espion d'hier et de demain, *Robert Littell*

P2741. L'Homme inquiet, *Henning Mankell*
P2742. La Petite Fille de ses rêves, *Donna Leon*
P2743. La Théorie du panda, *Pascal Garnier*
P2744. La Nuit sauvage, *Terri Jentz*
P2745. Les Lieux infidèles, *Tana French*
P2746. Vampires, *Thierry Jonquet*
P2747. Eva Moreno, *Håkan Nesser*
P2748. La 7e victime, *Alexandra Marinina*
P2749. Mauvais fils, *George P. Pelecanos*
P2750. L'espoir fait vivre, *Lee Child*
P2751. La Femme congelée, *Jon Michelet*
P2752. Mortelles Voyelles, *Gilles Schlesser*
P2753. Brunetti passe à table. Recettes et récits *Roberta Pianaro et Donna Leon*
P2754. Les Leçons du Mal, *Thomas Cook*
P2755. Joseph sous la pluie. Roman, poèmes, dessins *Mano Solo*
P2756. Le Vent de la Lune, *Antonio Muñoz Molina*
P2757. Ouvrière, *Franck Magloire*
P2758. Moi aussi un jour, j'irai loin, *Dominique Fabre*
P2759. Cartographie des nuages, *David Mitchell*
P2760. Papa et maman sont morts, *Gilles Paris*
P2761. Caravansérail, *Charif Majdalani*
P2762. Les Confessions de Constanze Mozart *Isabelle Duquesnoy*
P2763. Esther Mésopotamie, *Catherine Lépront*
P2764. L'École des Absents, *Patrick Besson*
P2765. Le Livre des brèves amours éternelles, *Andreï Makine*
P2766. Un long silence, *Mikal Gilmore*
P2767. Les Jardins de Kensington, *Rodrigo Fresán*
P2768. Samba pour la France, *Delphine Coulin*
P2769. Danbé, *Aya Cissoko et Marie Desplechin*
P2770. Wiera Gran, l'accusée, *Agata Tuszyńska*
P2771. Qui a tué l'écologie ?, *Fabrice Nicolino*
P2772. Rosa Candida, *Audur Ava Olafsdóttir*
P2773. Otage, *Elie Wiesel*
P2774. Absurdistan, *Gary Shteyngart*
P2775. La Geste des Sanada, *Yasushi Inoué*
P2776. En censurant un roman d'amour iranien *Shahriar Mandanipour*
P2777. Un café sur la Lune, *Jean-Marie Gourio*
P2778. Caïn, *José Saramago*
P2779. Le Triomphe du singe-araignée, *Joyce Carol Oates*
P2780. Faut-il manger les animaux ?, *Jonathan Safran Foer*
P2781. Les Enfants du nouveau monde, *Assia Djebar*
P2782. L'Opium et le Bâton, *Mouloud Mammeri*

P2783. Cahiers de poèmes, *Emily Brontë*
P2784. Quand la nuit se brise. Anthologie de poésie algérienne
P2785. Tibère et Marjorie, *Régis Jauffret*
P2786. L'Obscure Histoire de la cousine Montsé, *Juan Marsé*
P2787. L'Amant bilingue, *Juan Marsé*
P2788. Jeux de vilains, *Jonathan Kellerman*
P2789. Les Assoiffées, *Bernard Quiriny*
P2790. Les anges s'habillent en caillera, *Rachid Santaki*
P2791. Yum Yum Book, *Robert Crumb*
P2792. Le Casse du siècle, *Michael Lewis*
P2793. Comment Attila Vavavoom remporta la présidentielle avec une seule voix d'avance, *Jacques Lederer*
P2794. Le Nazi et le Barbier, *Edgar Hilsenrath*
P2795. Chants berbères de Kabylie, *Jean Amrouche*
P2796. Une place au soleil, *Driss Chraïbi*
P2797. Le Rouge du tarbouche, *Abdellah Taïa*
P2799. Le Mécano du vendredi (illustrations de Jacques Ferrandez), *Fellag*
P2800. Le Voyageur à la mallette *suivi de* Le Vieux Quartier *Naguib Mahfouz*
P2801. Le Marquis des Éperviers, *Jean-Paul Desprat*
P2802. Spooner, *Pete Dexter*
P2803. « Merci d'avoir survécu », *Henri Borlant*
P2804. Secondes noires, *Karin Fossum*
P2805. Ultimes Rituels, *Yrsa Sigurdardottir*
P2806. Le Sourire de l'agneau, *David Grossman*
P2807. Le garçon qui voulait dormir, *Aharon Appelfeld*
P2808. Frontière mouvante, *Knut Faldbakken*
P2809. Je ne porte pas mon nom, *Anna Grue*
P2810. Tueurs, *Stéphane Bourgoin*
P2811. La Nuit de Geronimo, *Dominique Sylvain*
P2812. Mauvais Genre, *Naomi Alderman*
P2813. Et l'âne vit l'ange, *Nick Cave*
P2814. Les Yeux au ciel, *Karine Reysset*
P2815. Un traître à notre goût, *John le Carré*
P2816. Les Larmes de mon père, *John Updike*
P2817. Minuit dans une vie parfaite, *Michael Collins*
P2818. Aux malheurs des dames, *Lalie Walker*
P2819. Psychologie du pingouin et autres considérations scientifiques, *Robert Benchley*
P2820. Petit traité de l'injure. Dictionnaire humoristique *Pierre Merle*
P2821. L'Iliade, *Homère*
P2822. Le Roman de Bergen. 1950 Le Zénith, tome III *Gunnar Staalesen*
P2823. Les Enquêtes de Brunetti, *Donna Leon*